时文
精粹

SHIWEN
JINGCUI

时文精粹 SHIWEN JINGCUI

纸上月光

查一路◎著

煤炭工业出版社
·北 京·

图书在版编目（CIP）数据

纸上月光／查一路著．--北京：煤炭工业出版社，2016（2023.1 重印）

（时文精粹／陈勇，吴军主编）

ISBN 978-7-5020-5241-6

Ⅰ.①纸… Ⅱ.①查… Ⅲ.①散文集—中国—当代
Ⅳ.①I267

中国版本图书馆 CIP 数据核字（2016）第 053753 号

纸上月光

著　　者　查一路
丛书主编　陈　勇　吴　军
责任编辑　马明仁
封面设计　宋双成

出版发行　煤炭工业出版社（北京市朝阳区芍药居 35 号　100029）
电　　话　010-84657898（总编室）
　　　　　　010-64018321（发行部）　010-84657880（读者服务部）
电子信箱　cciph612@126.com
网　　址　www.cciph.com.cn
印　　刷　北京飞达印刷有限责任公司
经　　销　全国新华书店

开　　本　710mm×1000mm 1/16　**印张**　14　**字数**　120 千字
版　　次　2016 年 5 月第 1 版　2023 年 1 月第 5 次印刷
社内编号　8092　**定价**　46.00 元

序言 | *Preface*

纸上月光

查一路

我觉得自己一直走在一条虚实相间的路上，作为一名经历者，生活给予我重重的烙印，它的纷繁复杂甚至在一定程度上改变了我生命的底色。写作，让我沉浸在自己的精神世界中，存在于虚幻的现实，并反抗着现实本身带来的种种绝望，我一直相信，文字能开启我心灵的某个按钮，一步一步向前走，去寻找与发现，终究能找到不再迷失的精神路标。

没有人比我更了解自己。一本书的序言，是一种说明，同时也是向读者发出的阅读请柬，我想，如果我把文字看得比生命还重，那么，自序就是一次灵魂的邀约，我想与那些阅读这些文字的人，用眼睛和心灵作为交流的方式，借助一本书，用掌心传递彼此的体温。

如今，我经历了沧桑，岁月在我的怀想中，像泛黄的书卷，一页一页地翻过去。惊雷终究归于无声，手抚五弦，眼望飞鸿、风云，不再让我心动。我需要安静，我需要自由，我需要挣脱一切羁绊和束缚，如果你愿意倾听，我愿意用另一种角度、另一种眼光，无拘无束地表达。

月光落在纸上，沉淀千年的古典美学。同时，也暗喻我生活的两个意象。无论读书还是写作，我的思想滑行在纸上，当我抬头仰望，我愿意自己的姿势被一轮皓月定格下来，心灵被月色漂白，变得纯洁，美好——这就是我选择的生活。生活中没有完美的人生，文字中不会缺乏完美的生活。

曾经的许多夜晚，我迷恋和沉浸在这样的意境中——纸上月光。那时候，纸上的文字，在月光下，像从海浪中浮起的岛屿，美丽而朦胧，我又仿佛看见了夜航的船，甚至听到了塞壬的歌唱；有时候它又像蝴蝶，扇动着蝶衣，飞过草丛，飞过一排冬青，飞过一棵无花果树，翩然地来到襟袖间，它又飞了，它带走了我的心，去了远方。

在蔚蓝色的彼岸，飘散着《月光奏鸣曲》的美妙音符，月光笼罩下，洁白的鹅毛笔抒写着浪漫的诗篇，因而月光又是现代的。我有一种唯美的情结，也想借书中的文字，阐释现代诗意与美学意蕴。

同时，自由的文字，允许我的表达怀有一点点私心。我爱故乡的月亮，胜过爱其他任何地方的。小水沟里的那轮故乡月，是我情感的源头，也是让我产生好奇的自然与世界的密码。稍纵即逝的童年时光，因为一场灾难，让它显得漫长。风吹山岗，内心荒凉，我坐在月光下，想到未来岁月中或有的爱与温暖，心灵得到慰藉。日后，它成为我的精神行囊，我背负着它四处行走，在城市找到了住所。而它，像浮萍一样漂泊，被森林般的高楼切割得不复完整。

当我来到这个陌生的城市，我能感觉到城市有一扇门是朝我关闭的。正如卡尔维诺所说的，城市不会泄露自己的过去，只会把它像手纹一样藏起来。20年过去，我仍不清楚它刻在街道和角落的每一道印记。每晚的月亮升起时，我有欢欣，亦有迷茫。于是，有了一次次纸上追寻，纸上漂泊……

因此，文字的部分意义，在于寻找月光原初的单纯。世界时刻发生着变化，而有些事物的格局是千古不变的。我们能否在变化的状态中找到一种永恒？有人说，时间流逝的目的只有一个，就是让感觉与思想稳定下来，成熟起来，摆脱一切急躁或者须臾的偶然变化。

我要学会把有些事情交给文字，把文字交给时间。

我们追寻的东西，不在自己的手中，目标，也在永远达不到的地方。什么样的文字能够完美地表达自己呢？阅读，就像在密林里前行；写作，如同用刀刃在纸张上开路，唯尽力而已。

以此小书，献给我眷恋的生活和我深爱的苍凉世界！

2015年12月20日于秋浦花园

目录

Contents

第一辑 悲怆的舞者

第二辑 在冬夜里歌唱的鱼

第三辑
羡慕另一只鸟

第四辑
非常忆，非常美

第五辑 温暖握在掌心

第六辑 黎明前的收音机

第七辑 安静地居于一隅

1

第一辑

悲怆的舞者

手艺的黄昏

我是在一个黄昏中才想起铁匠张的，为的是给厨房抽油烟机一块额外添加的挡板造型。五年之后，我重新进了那条小街，找到铁匠张的铁匠铺。可是，从门里出来的却是位浓妆的小姐——铁匠铺已改成了发廊。我打听铁匠张的消息。小姐告诉我，铁匠张前不久走了。

我不敢久留，从脂粉味很浓的小屋退了出来。铁匠张走了，消失在这个春天。踯躅小街，我心里蓦地有些失落。

十几年前，江南小街的春天，青青的石板路，烟雨迷蒙，街边是依依的垂柳。寂静中的叮叮当当，是小铁匠铺传来的铁与铁的敲击声——悦耳，充满质感。

铁匠铺在小街一隅。门前挂着各式各样打成的铁器，被风吹着，晃来晃去，像腊月里风干的咸鱼腊肉。暗黑的小屋里，弥散着铁器淬火的青烟。铁匠张一阵阵咳嗽。风箱沉重地呼吸。火——小屋的心脏，在呼吸中搏动。

坚硬的铁，锐利的铁，在铁匠张的炉膛里软化成一块块红红的豆腐。烧热的铁块被钳子夹起，放到铁砧上，肌肉绷紧着，迸发出全身的激情。手中的铁锤砸下去，铁匠张的身体随着铁锤的反弹跃起，下落，跃起，下落。汗、炉火、风箱、红的铁、青烟、咳嗽、弹跳、抡圆的胳膊，构成小屋中的力之舞。从铁块到铁器，在铁匠张的手里一点点成型。最后淬火，浓烟中小屋腾起铁特有的咸腥味。

那时，我爱看铁匠张打铁，觉得一种独有的激情和节奏融入了铁匠张的血液。他从小屋中走出，在春阳中仰着脸，就着一把巨大的紫砂壶咕噜咕噜往嘴里“灌溉”。这时，才能看清铁匠张的身体和表情——瘦小，一张比铁还黑的脸荡漾着快乐。一生未娶，他说铁是他的新娘。那时，小街上的居民听见叮当声有时会发笑——铁匠张又在打老婆啦!

可是，现在铁匠张走了。我在春风里惆怅。这个春天成了铁匠张在城市的最后一个春天，手艺消失在黄昏。大工业时代模具铸出的铁器价格低廉，消解了铁匠张和他的手艺存在的意义。我对铁匠张的怀念恐怕正在于此——对一个个性化时代结束的感伤。

我有一把铁匠张打的剪刀。没有流水线生产的光滑精致，却十几年锋利如新；表面有浅浅的痕迹，是铁锤留下的，包含铁匠张的力与汗、情感和技巧，让人想到制作的每个细节都包藏偶然。

冬日暖阳

冬天风大，摇着树的影子。我看见了30年前的我，和同学们挤在学校前的一面土墙，用后背在砖块上蹭痒。

操场一角有一位老人，戴绒线帽，穿黑色棉袄。他用红薯糖做糖塑，卖五分钱一只。一只火炉，火炉上一只铝锅，加热后的红薯糖，像柔软的琥珀，温润而有光泽。老人拿一只小勺，舀一勺糖，他抖动手腕，液体的糖从小勺中流出，流到铁砧上，铁砧上有一只竹片。围绕这只竹片，掌勺的手，时而浓墨重彩，时而惜墨如金。

竹片拿到手里，上端的糖塑栩栩如生，晶莹剔透。要么是花脸典韦，要么是手提哨棒的武松。这是位民间高人，他熟稔四大名著里的形象，用糖来一一勾勒。糖塑再好，无奈舌头贪婪，昔日英雄，几分钟后，终将在舌尖上落难。

一群孩子簇拥在周围，高举手中的五分钱。突然，身后有人清晰地叫了一声："查一路，你没有爸爸！"回身一看，竟是我的同桌，我踩了他的脚尖，没容我解释，他已经拔剑出鞘了。一下，就击中了我。

是的，这一年的秋天，我父亲死了。我成绩优异，品行端正，

长相清秀，老师喜欢。可是，我没有父亲。我羡慕那些有父亲的同学，他们的父亲大都是农民，高大剽悍，孔武有力。扛着锄头在教室外巡视，透过破窗向教室里偷看，用目光打压他人，呵护儿子。

呆在那里，我试图抓住什么来抵御内心的疼痛。我没有哭，因为我没有哭的习惯。但无力反击，因为说不出话来。这一年我才八岁。

老人做出了激烈的反应。他用小勺敲打着锅沿，又用小勺指着我的同桌，大声呵斥："臭小子，这么小就知道往人心窝里捅刀子，不要想吃我的糖塑，你滚一边去！"他最终没有给他糖塑。

轮到我时，他递给我两只。举起其中一只，是举棒的悟空。这只很大，悟空刚劲神武，一棒冲天，横扫阴霾，是送给我的。放学的路上，我把它举起来，对着太阳。阳光透过糖塑照过来，深红的，暖暖的。我看了很久，风很大，但不觉得冷。

我把它插在窗台上，有时候我把它拿到屋外对着阳光扬起脖子，阳光变成了深红色，暖暖的。我想把它留很久。可是，第二年的春天，它粘住了几只飞虫。母亲说，吃了吧。我舔了一个上午，吃下了一个冬天的心情。屋外，阳光热烈而凶猛。一切都会好起来。

人生的路上，我努力去遗忘别人曾经给予我的伤害，而将那点点滴滴的温暖一一攒起。积攒多了，心里就有一轮太阳。心中有了一轮太阳，站立在风中，寒冷来袭，爱与激情不会离我很远。

悲怆的舞者

那时我上小学三年级，公社在每年六一儿童节都要集中各小学举行文艺会演。

当时我们学校表演的节目是给解放军叔叔送军粮。送军粮可是体力活儿，得挑选个儿大的学生，老师一眼就看中了坐在教室后排的我。我果然不负厚望，在同伴拙手笨脚的动作中，我独领风骚，把手中的一小袋军粮舞得跟风车似的转。“表演”前一天，老师叫我们回家把米让母亲炒成炒米，上午在台上送，中午就当午餐吃。

直到那庄重时刻的来临，我还在老师的赞扬声中得意忘形。别的同学都在反复琢磨动作的要领，我却轻松地到公社大门口的小人儿书摊上看小人儿书。舞台就搭在离公社不远的一所初中的操场上，我把军粮放在教室的一个角落，就出了门。渐渐听不见锣鼓响，我正看得入迷，眼看着雁翎队就要把鬼子消灭在芦苇荡，我的一位同伴，上气不接下气地跑过来，一把抓住了我，说你还在这儿看，老师说要用栗凿打你一头青包了。

一路狂奔，一阵比一阵急切的锣鼓声，教室里的一片混乱，老师一脸怒气，这一切都像电影里蒙太奇的镜头一一闪过。唯独在看军粮时，那只瘪瘪的口袋成了定格。军粮被人偷吃了！我吓得差一点儿魂都飞了。我不敢告诉老师，就头重脚轻地提着口袋上了舞台。舞台上，车轮滚滚，翻山越岭，匍匐着躲过敌人的封锁线，眼见着就要见到解放军了。

我心里一团乱麻，充满了内疚和自责。这时，大家右脚在台上猛一蹬，弓身弹腿，向右一转身，托起军粮豪情万丈地往太阳升起的地方送。在期待的目光中，我把一只手捏着的口袋举起来，瘪瘪的口袋不争气地垂下去，像一块抹布，被风吹来吹去。台下轰地一阵笑了……

后来，我记不清舞蹈是何时结束、我是怎样走下台来的，也记不清下台后老师跟我说了什么话，后来是怎样回到家里，整个人在一种虚幻的状态中飘来飘去。

一直到现在，我都很纳闷，到底是谁偷吃了我的那一袋军粮？当时同学们把它当作一件大事，不敢承认。现在，到了对所有的往事能付之一笑的年龄，昔日的舞者为生活漂泊，而今早已失去了联系。也许，正是不知谜底的情节，才保持着探询的魅力。

至于第一次登上舞台的缺憾，至今回想起来，我还在想弥补的方法。比如，在那一只空口袋里装上沙土或者草叶什么的，不也可以完成整个过程吗？但是等我把一切准备好，舞台上的大幕可能就已经谢了。在任何舞台上，如果一个舞者想尽善尽美，找不出瑕疵再上台，那么自始至终，他就没有一个恰当的时刻。回望那一次舞蹈，如果舞者注定是悲怆的，所能把握的也只能是认真地完成每一个动作而已。

眺望岁月

眺望，是母亲承受岁月的坚韧姿式，是儿女心中无法抹去的慈爱的风景。

十几年前的一天午后，母亲眺望的身影就如一道闪电划过心灵黑漆漆的夜幕。那时，亲人们抬着我父亲的灵柩冒雨行进，我正追赶着那支呜呜咽咽的唢呐。人群中却不见了母亲的影子。回望被风雨侵袭着的村庄，我看到的是怎样的一幕啊：村头苦楝树千疮百孔。树下的母亲，任凭雨水在脸上滂沱纵横，孤苦无依，无可表述，两手紧扶着赖以支撑身体的树，眼望着父亲的灵柩越离越远……

失去了父亲，从此母亲只能用眺望来抗争多舛的命运，怆然的目光穿越过眼前的云翳，她看到了天边遥远的梦想和幸福。一转身，独自把对生活的朴素愿望高高攀起，卵翼雏子，几多艰辛。她用一双会说话的眼睛传递着对儿女功课的督促、错误的苛责、成绩的嘉许。无论是我负笈求学，或姐妹们成人远嫁，母亲总是一遍遍眺望我们的去路和归途。

母亲的眼睛，用来眺望，用来给我们的精神补钙。却从不用来流泪，她拒绝柔弱和哀叹交给我们以后的人生。记忆中，每逢佳节，邻家传来团聚的欢乐笑声，母亲这时便立即转背埋身灶台后面，出神地望着灶火，所有的往事这时就如堆积起来的烈焰灼烤着母亲的心，很亮的灶火照亮了母亲脸上巨大的悲悯。而后母亲起身，跟我们说笑，望着我们狼吞虎咽，母亲告诉我们往心里流的泪才有真正的重量。后来，当我们守着母亲宝石般的美德，学会了重压下的承受和隐忍、坚强和自尊，才体会出母亲是以怎样的勇气独自承受着生活中的风暴，却要让我们看清一个人面临不幸的应有姿式。

而今，儿女们已羽翼丰满，天涯羁旅，她不断地转换着方向，眺望着我们所在的城市，心里珍藏着难以再圆的儿女绕膝的旧梦。去年春节，我们相聚大姐家。大姐后来说，母亲那段时间总显得魂不守舍，日日站在阳台上眺望着门前的路，任凭寒风肆虐、霜雪侵袭，直到一次次迎来扑面的惊喜。而我因事未能成行，母亲积思成梦，夜里听见汽车的叫声总要披衣起床。大姐说，母亲眺望的身影真像一棵苍老而倔强的树，看一眼便让人心碎……

一棵树，她深攫瘦土，身历幽暗，秉执勇毅，却要向着无情的沧桑，向着呼啸而来的风发出自己微弱但却坚定的声音。

而我回眸岁月的深处，一滴泪，便将我的心整个地淹没。

捡拾阳光与麦穗

我常常怀念那种美好的阅读体验。

有一篇散文叫《古丽雅的道路》。在特定的年代，年轻的作者，因为无爱而空虚，幼稚的心灵犹如旷野中空长年轮的小树。后来一次偶然的机会，读到了苏联传记小说《古丽雅的道路》，书被撕去了开头，但书中主人公——年轻的古丽雅的形象依然清晰。古丽雅 16 岁演了一部电影，她完全可以成为当时人们心中的偶像，然而无情的战争摧毁了一切，也摧毁了古丽雅的辉煌前程，古丽雅告别妈妈就上了战场。

小说的结尾不是文字，而是一幅插图：古丽雅的墓前盛开着鲜艳的花朵。就这样古丽雅的形象成了作者少女时代的一个伙伴，使之向往战火纷飞的燃情岁月。和平年代不可能拥有这样的人生，但心灵的空间放上这本书，作者又怎么能走出“古丽雅的道路”呢？时光悄悄地流逝了很久，但是，作者仍然寻找着书的开头几页。

人生有许多牵挂，也有许多可以预约的期待。是什么主宰了并不遥远的明天，让人对岁月深情地回望或凝眸？是阅读。许多年以前，我就有过心灵从晦暗到清明的顿悟的经历，那是我第一次知道了普罗米修斯盗来的火种，西西弗斯推不上山顶的石头，汉尼拔越过白雪皑皑的阿尔卑斯山。我那时的心境轻得像一张纸，总在等待着一场清新神秘的风，总在等待着迎风飞旋。落难的英雄成为我一遍遍为之落泪、一次次仰望夏夜星空的理由。书中告诉我什么是崇高，什么是悲壮，什么是生命中不能舍弃的本质力量，我便产生了这样的想法：怀揣一本书走向远方，找寻书中的理想之境。

在远离青春的年代，我提前读到了《青春之歌》。我常常以暗恋的心态去揣测女主人公林道静，长长的白围巾是怎样迎风而飘，她的齐耳短发、青春的脸庞是怎样流光溢彩。重要的是我从书中知道了这样一些内容：人有理想、青春、激情。后来，又读到了《第二次握手》，它告诉我人生和爱情都是美好的。这一切，都注定了我最初面对社会，会以怎样的方式去理解社会和人生。我常常想，倘若没有这些阅读，我的心灵就会像天空没有云朵那样空旷沉寂。

而今，在一个很功利的背景下，能在宁静的夜晚平静地阅读，是善待自己的一种方式。然而理想主义遭到嘲弄，我们还能读到一些什么呢？很少有一部作品能将我们的头颅引向高处。通俗读本教人如何追名逐利，如何损人利己地安身立命。即使从纯粹的文学和文学家那里，读到的也多是矫情、浮躁、伪饰、无奈、逃避和自恋。

因此，我爱在阳光下阅读，在书中捡拾阳光与麦穗。并希望迎逢大师的智慧，希望他们的心智能像阳光一样将我的内心照亮，在时间的长河里，让我缓缓地走去，开始那温暖而百感交集的旅程。

灰暗的亮点

儿时，有一段时间，我不知道教师和公社干部有什么区别。我父亲是一名教师，隔壁毛头的父亲是公社书记。

不久，一件事显示了两者的差异。

毛头和我形影不离。突然有几天，毛头闭门不出，且院子里传来拉锯的声音。我趴在他家墙头一看，只见他左肩上架一扁葫芦状的物件，手拿小弓在葫芦柄上锯，锯得鸡鸣狗吠。

毛头天天锯。终于，鸡鸣狗吠变成了莺啼鹂啭。再看他，两脚叉开，脑袋向左偏去，姿势很是优雅。毛头在自己的琴声里陶醉、自矜……

后来，才知道那东西叫小提琴。毛头让我拉了几次。一次，我正拉得起劲，冷不防毛头的一只耳朵被他母亲拎在了手里。随后，母亲的叫骂声和儿子的哭声在他家的院墙内此起彼伏。打断了我继续拉下去的梦想。

我只能让毛头的琴声痒痒地在心里搔。我父亲是名教师，工资微薄，且又生性慷慨，他的爱好是拿家里的钱物送人，结果送得家徒四壁。一次，父亲喝酒喝得渐入佳境，用筷子敲打碗碟学庄子鼓盆而歌。显然父亲很是高兴，我赶紧说：“如果有一把小提琴给您伴奏该多好！”父亲闻言酒醒色变，环顾四壁：“好？拿什么好？”

父亲毕竟是父亲，几天之后，父亲目光柔和，许诺要给我花钱买不到的快乐。孰料，父亲所言的“快乐”会成为随之而来的“苦役”。

父亲满腹不花钱也不值钱的唐诗宋词，他要将此真传给我。而我实在无法在这些陈词滥调中找到小提琴优美的韵味。慑于父亲大棒的威力，又不得不从“春眠不觉晓”背到“巴山夜雨涨秋池”。

十几年后，我虽已在一所大学闻道，仍然郁郁寡欢。其时，毛头变得心灰意冷，高考屡试不第，脖子倒落下个长期夹琴留下的“优雅”的毛病。人陷入进去，琴是断然放不下的。无名师指点，又不能上台阶，所以毛头苦恼得很。

又过几年，情况发生了改变，我改行当语文教师，已在腹中发酵的唐诗宋词帮了我大忙，教起来如鱼得水，轻车熟路。回头一想，庆幸自己练的是“童子功”。而这时，故居面对马路的几幢房子已发展成了小镇，毛头一扫往日的晦气，把大门拉阔，家就成了店铺。毛头边练摊边拉琴，琴声为他招徕了不少顾客。再次回故乡，但见毛头坐在春风里，姿势优雅，琴声愈发悠扬了……

在看似毫无生机的日子里做点什么，或者并不经意，但生活总会回报你一份相应的惊喜。万物皆有所用，关键是你要用收藏家的眼光去看世界。

蛙声似雨

细雨黄昏，我走到郊外，满耳都是蛙声，我就这样在蛙声中漫步。一位远方的朋友打来电话。他很好奇："是什么声音这么响亮？连你说话都盖住了。"我说是蛙声，接下来很搞笑，我们不再说话，他让我举着手机，让他足足听了五分钟的蛙声。

一片荒野，蛙声高亢，烟雨迷蒙，晚霞时有时无，我想起一句诗："满池月色如霜白，一片蛙声似雨来。"记不起是谁的诗句，可是，月色皎白，蛙鸣四起的情境古今皆同。

听到蛙声，意味着跟自然亲近。唐代的张籍在《过贾岛野居》中，描绘贾岛之居"蛙声篱落下，草色户庭间"。碧草连接着庭户之间，蛙在篱笆下叫着。"蛙声经雨壮，萤点避风稀。"陆游用一个"壮"字把雨后的蛙声描绘得美妙绝伦。同样是雨后蛙声，还有韦庄的"何处最添诗客兴，黄昏烟雨乱蛙声"，张舜民的"小沟一夜深三尺，便有蛙声动四邻"，赵师秀的"黄梅时节家家雨，青草池塘处处蛙"，均有意境。

艺术史上，画家们能把青蛙画得栩栩如生。如明代画家郭诩《青蛙草蝶图》，画面中的青蛙几乎要从纸上蹦出来。若要画出蛙声，绘声于纸，则需要高超的艺术技巧。

当年，老舍先生拜访齐白石老人，老舍想考考齐老的艺术功力，他拿起白石老人书房里清代诗人查慎行的一部诗集，翻出其中一句“萤火一星沿岸草，蛙声十里出山泉”，以此为题，要求画面上没有一只青蛙，却能让人听见蛙鸣，请白石老人作画。白石老人思忖良久，不肯轻率下笔。

其实，白石老人是画青蛙的高手，1954年曾画过《荷蛙》，简单的水墨线条，勾勒出四只憨态可掬的可爱小蛙，受人喜爱。可是“画出蛙声十里”，这需要更高的艺术构思。

三天之后，白石老人请老舍先生来看画。只见一练山泉自黝黑的岩石间飞流而出，这分明是个春天，六只小蝌蚪顺流而下，画面上没有成年之蛙鼓项而歌。可是，笔墨之外，意识之内，你分明能听到那些发情的蛙意醉情迷地唱着情歌繁衍后代。

高妙的艺术构思中外相通。18世纪意大利画家克里斯皮有幅名画《跳蚤》，倘若用文学的角度来欣赏，这叫侧面描写。画面上同样没有跳蚤，而是一位丰腴的妇人，正伸手在内衣里抓挠，满脸的尴尬和羞赧。

只是中国画家讲究题材的诗情画意，跳蚤这种俗物在中国画中很难入题，中国画崇尚雅摒弃俗，画梅兰竹菊雅，画牡丹吐艳俗，何况跳蚤？只是艺术上曲笔的运用，中外大师心有灵犀。

其实，蛙声不同于鸟鸣，它声音宏大而音节单调，本身并无多少美感可言。可是，它来得直接，是大自然最亲切的声音，让人想到久违的田园与乡土。而文人艺术家用生花妙笔加以描绘渲染，更增添了它的文化味——似雨似梦，清新而恒久。

老车虽老

朋友拍拍皮开肉绽的座凳说："你这车若是辆汽车早被强制报废了。"周围的人都不肯相信我买不起一辆新的，我也不相信。

难道我就真的喜欢破车？

我对老车的感情是主人对老马的感情。一对把手像一双忠实的耳朵，被我握在手里，这一握，竟是十几年过去了。想当初，它驮着我的青春年华，从江北辗转到江南，在尘世里奔忙，与光阴赛跑。

更何况，在每天都要朗读诗歌的年龄，梦想和情怀总是令人不胜唏嘘的，后来又是怎样心如止水，安之若素，老车可算我的见证了。

十年前，我骑着它要穿过几条幽阒的小巷去上班。江南小街的风情，像画轴一样在我的眼前展开，春泊江南，翠绿配桃红，暮雨潇潇，青春的石板路上，一个人骑一辆很陈旧的老车，很容易韵味十足地走进那种古典的意境。

十年后，我仍没有香车宝马，相随唯独老破车。站在阳台静观芸芸众生，天地悠悠依然如故，只有车来车往使过客行色匆匆，心境无端地慵倦了许多。老车得以清闲总是和无足轻重有关。甚至，

我差点将它抛出了我的生活。

有一阵子，新楼下闹失窃，于是大家将车子扛上扛下，我也盲目地跟着。后来，渐渐发现我在扛车时，人们的目光有些异样。猛一回头，还能瞥见身后相互交换的眼神，这时的老车已快要散架了，这些嘲讽的眼神就或冷或热地落在老车上，使我感到了肩头的累赘。

一次，刚扛它起身，脚下就一绊，这一绊倒提醒了我，它被重重地撂在了墙根。再说，我现在的家与单位近在咫尺，安步当车很是悠然。大悟过后是自怨：早该这么干了。

一段时间，它就这么靠着。灰头垢面，被不规则的光线分割变形，像一幅超现实主义的油画，被搁在了往事中。

直到那一刻，它不见了，我才意识到我失去了什么：人所经历的都是过去，而它是一个人怀旧的寄托，它又何尝不是一段人生的隐喻啊！

它肯定知道主人在思念它，远方在召唤它，道路在等待它。几天之后，它回来了！停在原来的地方。后座上粘一张纸条，大意是借车一用完璧归赵。一时，我又喜又恨，世上还有这种借法：不向主人借，反倒在夜深人静四下无人时借。

失而复得教会了我如何去呵护它。你想，在这样一个肉票肥皂等票证都能成为收藏的年代，像这样的好车，必定老得扎眼。

朋友

就在今夜，我怀着满腔的热情拿起话筒，心止不住怦然跳动。很快，我将会听到一个熟悉的声音。一别多年，朋友啊，你是否想起了我？

因一次偶然的机会，才得知手指正在拨动的一串数字。我想，这串数字将会在今夜消除所有时空的阻隔。在寒冷的冬夜我们会怎样去叙说往事？我们会以怎样的心情去话沧桑？我们的日子会有一些什么样的改变？

电话接通了，话筒里传来陌生的声音。这声音告诉我，他是新搬进来的住户，我的朋友已去了遥远的南方，没有确切的地址和联系方式。这等于说，我的朋友在我的生活中消失了最后一点踪迹。肆虐的罡风扑进窗户，我知道更深切的寒冷来自内心。一直等到不断传来的忙音，握住话筒的手却久久不能放下。

“……如果你正在享受幸福，请你忘了我；如果你正在承受不幸，请你告诉我；如果你有新的彼岸，请你离开我。”是谁于这样寒冷的冬夜，在听臧天朔的《朋友》？今夜，没有其他任何一首歌比这首歌更感人至深。青春年代，我们结下友谊，而后胸怀理想，漂泊天涯，已难再聚首。可在那些孤独的时候总不禁去怀想当初彼此用心灵取暖的日子。

还记得就在几年前的某个时日，我于沉寂的生活中，忽然接到了朋友的来信。士别三日，他仍是那么执着于理想。而此刻对于我，少年时期的梦，却如天幕上那几颗寥落的辰星，明明灭灭。至少，朋友的热情，使我看到了生活中仍有几点希望的微光在。可惜，我那时的日子过得粗糙而且匆忙，疏忽间竟忘了给他回信。而今，当我冷静下心来给朋友写信时，却已无法填写信封上的邮寄地址了。

朋友去了远方，把深切的怀念留给了怀念他的人，也正是怀念才呈现出昔日生活的全部光彩。我们懂得了真正的怀念，怀念起所有过去的时间，以及时间里包含的内容，并把一切的过去虚设成未来，更精美地去设计情节和细节，止住心跳去重演一次不再有缺憾的邂逅。

朋友去了远方，这令我们挂念起友谊是否会沿着未来的时间和道路延伸。我们从没有像今天这样小心翼翼地去度量心与心之间的距离，领悟到珍视与呵护的重要。

朋友去了远方，让我们明白了生活中全部的情谊之所在：那便是如加缪所说“一种对于可能逃避我的东西的悄然激情，一种在火焰之下的苦味”。

绿意盈怀

每年，清明至谷雨间，新焙制的茶叶会离开乡土，汇成绿色的河流，流进城市。在进城的每一条道路上，在城市的大街小巷，乡下人户扛背挎着点点新绿，吆喝着“茶叶哎”，朴实的乡村口音响亮着这个季节。于是，这个季节属于茶叶，叫茶季。

茶季里，人们看茶、买茶、品茶、论茶，在心里把茶事放在第一位，其他的一切都退居幕后。

“茶”对中国人来说，是个温暖的词。有位诗人写道：“上帝在喝茶时，开始不怀念咖啡；中国人在喝咖啡时，所有的毛尖纷纷向喉头刺来。”道出了中国人对茶的一往情深。它是中国人开始新一天生活的必需品。虽然，柴米油盐酱醋也代表人间烟火，但俗。不像茶，可以入诗，让中国人品出许多雅趣和情致。中国人对茶的感情成了一种情结。因而，对茶的认识亦在代代传承中完成。

年少时，对于苦涩的茶我较反感，只觉得父亲奇怪。父亲有两把心爱的紫砂壶，纯正宜兴紫砂。一把上面刻着“客来清当酒，犹味此中求”，另一把上面刻着“陆羽高风、陶潜逸兴”的字样。父亲饮茶时，壶就成了茶具；父亲不饮，壶又成了玩具。最终，茶壶是父亲一生的道具。父亲读过多年的书，有一种落魄读书人的悲世情怀。而当人生寂寞时，父亲选择了跟茶壶对话。

他闻鸡即起，泡一壶酽酽的茶，或写诗作文，或对窗独坐，或者有所思地等待日落。每到茶季，父亲比平常要忙碌些。茶壶口吱吱的叫声传达出父亲的兴奋，父亲只在饮茶时兴奋，父亲最后的人生滋味只剩下茶了。茶是苦涩的知音，它以这种特质进入一个人的生活，以暗示和契合的方式，通畅了人对于世间万象许多理解上的障碍。

确实，当茶叶一瓣瓣地心状打开，在水中沉浮时，读苦雨老人的《喝茶》《关于苦茶》《吃茶》《煎茶》，会体会出一种散淡的润物格致。讲究茶道与喝茶工夫茶，纷攘的名利如烟云浮过眼眸，淡化了世间种种矛盾、争执、冲突，少了些许浮躁，随之眼光也柔和。“喝茶当于瓦纸窗之下，清泉绿茶，用素雅的陶瓷茶具，同二三人共饮，得半日之闲，可抵十年的尘梦”（《喝茶》），不能说是文人的矫情，实在是茶提升了人生之境。年少时，有许多人生之境是难以体会的。听董桥说人过中年饮的是下午茶，心有戚戚，多么好的比喻，诸多况味被很感性地道出。将茶作为人生喻体，是恰当不过的生活修辞。

每至茶季，喝茶是我每天庄重的功课。此地茶虽好却令我常常怀念起故乡。故乡产的茶，浓汤酽汁，有一种淡淡的焦煳味，依形状被人俗称“老鼠屎”。不雅，却形象。质和形都不属上乘，但令我想起一段生活。一双双在绿色背景上翻覆如蝶飞的柔荑之手，制茶的夜晚乡民们为解乏吟唱的如泣的山歌，那气息、那情景，沁入肺腑，烙在心头，任它多年过去，稍一点击，一切画面就都鲜活起来。因而就常常想，如若留在故乡，我会被它们滋养一辈子，过着朴素而简单的生活。也可能陶然如一棵茶树，摇晃在山风里，能活出永生永世的绿意。

在茶季里回乡，我的双眼是咸涩而潮湿的。山坡上一排排绿意盎然的茶树，弓着身子，做着优美而虔诚的呈现。那种温顺与柔和是羊的样子。风低低地吹过山冈，茶叶在挥手与茶树告别。世间的茶树都坚守家园，而茶叶却注定要在外漂泊，流落他乡……

刨地与鲜花

在名来利往的红尘中，我问自己：“为什么能够避开市嚣，子承母业当一名教师？”其原因我想来想去，想出了这么一句话：“刨地与鲜花。”

我母亲曾是一名乡村教师。在她一生从教的偏僻山村里，她被学生家长们奉为“圣人”，而备受尊重。山里人自有表达尊敬的朴素方式。贫瘠的岁月里，他们却常常让自己的孩子，送给老师他们从饥寒的口腹中节省下来的礼物。比如，拜年的红糖、咸鱼腊肉、四季的瓜果。

在我的记忆中至今还封存着当年带着露珠的茄子，带刺的黄瓜，毛茸茸的带壳青豆。当这些珍品还挂在枝头生长时，就被迫不及待地摘下来，送过来，给我母亲尝鲜。母亲是个善良而又有职业道德的老教师，心中装着乡村的苦难，她从来不白吃白拿，一只辣椒已感不安，倘若一只葫芦定让她通宵失眠。她通常用一个小本本把这些一笔笔地记下来。比如，王建设家送来十个辣椒，曹万根家送来一个南瓜……

那时，我们家吃的是商品粮，每月照例供应十斤乡村只有过年才能见到的豆腐。这点稀罕物，我们是不能轻易尝鲜的，都被母亲作为回赠一块一块地分送给学生家长。但是，母亲的记事本

也有让我费解的地方，如“程流虎的父亲送刨三块的力气”。我们家门前种着三块菜地，母亲是个读书人，少气乏力。

我困惑不解，母亲把我叫到跟前，告诉我，地是程流虎的父亲挖的。程流虎家很穷，就送来了三块地的力气。再看那地，被整得平平整整的，划成规则的三块蛋糕。土被耘得很细，像磨坊里新磨出来的面粉。母亲蹲下身用手捻着细细的土，眼睛湿湿的，说：“瞧这份心意！这是最好的礼物。”站起身来仿佛已做出了重大决定：“回头送给程流虎家的豆腐多加一块。”

直到退休前，母亲一直留在那个其他教师片刻也不愿停留的贫困乡村学校。其中的原因可能跟所受到的非常礼遇有关。其中当然包括“三块地的力气”，她可能觉得几块豆腐是无法偿清学生家长所寄托的情谊的。

如今我已离开母亲工作过的乡村，到了城市。每年的教师节和元旦，我的学生总会给我一份如约而至的感动。讲台上摆放着贺卡，黑板上写满了祝福，当我走进教室，他们突然一起唱起了甜美的歌。虽然年年如此，可以预约。但我看着黑板上描画的心形的图案，全班学生的签名，贺卡上稚嫩真诚的表达，心情总不会平静。今年的元旦，讲台上加了一枝鲜花，坐在前排的小女生小声地告诉我：班里的同学跑遍了全市的花店，挑出了最大最美的一朵。

我给他们深鞠一躬。如果我有母亲的记事本，我要记下这样一些内容：贺卡，一黑板的祝福，甜美的歌声，令人陶醉的笑脸，一朵跑遍全市才买到的最大最美的花。我没有母亲的记事本，但像这样的心灵财富，我要用心深深地记着。

从刨地到鲜花，表达的方式变了。但是，有一种不变的情感和传统在延续。清贫的岁月中，我能固守着不变的信念与操守。是因为我从刨地与鲜花这些寻常的事物中，寻找到了关于事业、关于生活、关于生命，计量的砝码和普遍的意义。

桃园往事

三年级时，我转到一所乡村小学就读，学校附近有一片桃园。自然，那片绿荫就开始牵动着一个孩子全部的心思。

桃园的主人是位单身的盲人，他把所有的道路交给了一根竹竿。而当桃熟季节，他的竹竿就开始告别所有的道路。终日，他坐在风吹草动的门前，用竹竿敲击地面，发出一种破裂的悠长的颤音。口中喃喃有词，似与人对话。

课上课下，我心不在焉。只想着那片桃园垂涎三尺。但慑于看守甚严，才不敢轻举妄动。盲人守护桃林似乎心明眼亮。教室里不断传来他的高声断喝。细听可以知道这样一些内容：有人上树了，又开始往下滑了，准备逃跑了。竹竿敲击声时而悠悠点拨，时而急如雨点，再现了窃桃者的动作细节。

但无论如何，我已经目不转睛地盯上了那层层碧叶掩映下的点点鲜红。娇艳欲滴的果实久久地摇晃在我的渴意中。

逡巡数次，我终于瞧出了些端倪。错开了他断喝的程序，当我从容地爬上一棵树时，他已在谴责我携桃而逃了。此次，恶作剧的窃喜比桃子本身更滋滋有味。

后来，由于频频光顾，盲人听人说了，而且逢人便说，我是他桃林最殷勤的食客，并声称要跟老师说话。

我起个大早，用他盛鸡食的瓦钵盛满脏水，置于他家门槛前。果然，第一节课，盲人挽着裤管摸到教室门前。那一刻让我刻骨铭心。没有往日的断喝和怒斥，没有对我的谴责和指认。声调是那样的凄苦哀婉，他只是指着空空的双眼让老师告诉我们，这就是在那片桃园的枝丫上戳瞎的，他不愿看到第二个孩子跟他一样。

放下一只盛得满满鲜桃的篮子，盲人默默地走了。

他悲戚苍白的脸像冬日里厚厚的冰块，压在我的心头久久不能融化。

第二年春天，正值桃树打苞的季节，盲人未愈的眼感染了，无钱医治，去了另一个虚幻的桃园。当他告别了人世间所有的苦难，门前桃花已大朵大朵憔悴凋零。

从失去呵护的桃园下走过，久违了竹竿敲击地面的声音，只有风吹门前的蒿草呜呜咽咽，第一次，我体会到人生的伤感和悔恨。

幽暗中侧立着火焰

经历过的事物，就驻留在那个遥远的地方，静静地在那儿凋谢，如幽暗中侧立着的火焰。它是散落在泛黄岁月中的花朵，沿着一片片记忆的花瓣去想象蓓蕾绽放的过程。我在寻找什么，又能寻找到什么呢？

小人儿书。在识字之始，早诵夜课已超出了书的含义。给饥寒的年代涂上英雄和理想主义的色彩。把它放在枕边，在梦开始的地方，内容里包含的人物就会活动起来，比如潘冬子、小兵张嘎常常如约而来，认识了一个大山里和他们年龄相仿、充满向往的孩子。这个孩子值得他们同情，比如他没有出生在烽烟岁月，没有经历过一切革命和战斗，甚至真实的武器连用手摸一把也没有摸过……但是，在对周边的一切心怀恐惧的幼年时期，在夜与昼的边缘，书中的小英雄像一盏油灯，风雨飘摇，驱赶着无边的夜色，给了一个童年憧憬和想象。如果说我那时对生活有了点小小的愿望，愿望便从这里开始。

那时，想拥有几十本小人儿书是多么的不易，倘若一朝他真的成了几十本小人儿书的主人，那样就很轻易地改变他在同学中的地位和所有日子里的心情，他会像现在的“大款”，脸上总也掩

饰不住若有若无的幸福和独自的神秘微笑。上三年级时，我想买一套《东周列国志》。我父亲宁愿把微薄的工资花在每日必备的廉价烟酒上。他从自己的经历中总结出读再多的书，也无益于一个人在世间的安身立命。宏伟的购书计划只好移植到自己在深山里能挖到的一种可以换钱的中草药上。

至今我仍然不能说出那种草药准确的药名，只记得它有白胖的四肢，像童话王国里的人参娃。深山里有没有妖魅鬼怪呢，有没有豺狼虎豹呢？我当时肯定曾经这样问过自己，但这一切都无法抵挡一种诱惑的召唤。后来，我从一个高坡上摔下来，差一点摔瘸了一条腿。果真如此，那势必会影响我未来的生活，父亲在庆幸和自责中开始反省自己……感谢我早逝的父亲，后来，他为我买小人儿书，像他那样嗜烟酒如命的人竟戒除了烟酒。那样会不会影响他最后时光生命的乐趣呢？他已无法知道现在我想起这件事时内心感受到的疼痛。

武器。木头枪，鸡毛枪，链条枪。五岁时，我就一直在搜索木板，用蜗牛般的目力、狗一般的嗅觉和田鼠般的耳朵。倘有一家动了木工活儿，眼盯着木刨刨出波浪般的刨花，心里谋划何时下手能得到一块刨光的木板。木头枪的制作需要锯、刨、凿等木土用具相配合协调完成，但是一般的孩子只能用削铅笔用的小刀。木头枪雕刻出来，枪身上已浸渍了割破手指后留下的斑斑血迹。

我抽下了一块宽大的床板做枪的材料，以致母亲在挂蚊帐时，像遭遇了陷马坑，突然悠悠地坠落。生活是贫困的，我母亲没有因为贫困而去抱怨孩子的天性，赶在天黑之前，我父亲尚未回家，母亲找到了一块相同大小的木板。其时，大人们已在开始为我们设计未来，希望孩子长大当宇航员去遨游太空。但我觉得那样缥缈又不实在。我有了自己的想法，我想长大当一名木匠，这样就可以制作出大大小小长长短短的木头枪。

从木头枪到鸡毛枪，是从冷兵器进化到了火器。由两根铁钉夹着、绑一个注射器用废的针头，于针头内填上火药，再用橡皮筋栓一根铁钉插入其中，高高地抛向空中，落地就会发出一声惊心动魄的巨响。鸡毛枪的机巧全在于枪屁股上的鸡毛保持平衡，它把顽童的目光引向了公鸡们蓬然其后光照四野的尾巴。大白天村野中如果突然有一阵鸡飞狗跳，那一定是有一群急需拔毛的孩子在鸡屁股上作祟。

链条枪的杀伤力实在很大，把枪头的一节自行车链条拧开插上一根火柴，枪栓撞击爆响后火柴梗会直线射出数米。说到这里，我想起了我儿时的好伙伴永建。想起了他的宽厚和忠诚。我跟他玩打仗，一次我悄悄地绕到他的身后，用枪对准了他的耳朵。就听一声巨响，他捂着流血的耳朵吓呆了——火柴梗射穿了他的耳垂。火柴梗从他的耳垂拔下时，两人都哭了。一场游戏突然毫无先兆地演变成了灭顶之灾。

当时都不知道，一个孩子被射穿了耳垂意味着什么。他甚至从哭声中停下来问我，人被射穿了耳垂会不会死。黄昏时分我们要回家了，我求他别告诉他的父母。他点头答应，虽然当时他还心存着人被射穿耳垂会死的恐惧。回家前，我把链条枪送给他作为补偿。第二天，他又把它还了回来，但是他的父母没有提及此事。后来的岁月里，双方的父母都没有提及此事，这件事 20 多年就一直沉淀在我们记忆的深处。

20 多年了，我一直记着永建待人的宽厚和为人的忠诚。现在永建在乡下成了一名朴实的农民，他仍然在用他博大的胸怀和美好的心灵承受着世间给他的种种不平和委屈。我永远记着他的宽厚和忠诚。

战车。揭下废木箱的盖子，在箱底钉两根长木做车轴，长木两端套四只会转动的轴承为轮。轴承当时被我们称为“钢子盘”，是锃光瓦亮的宝贝，战车的灵魂。端坐车上手持木棍从有坡度的地方俯冲下来，犹如古之战神，煞是雄壮威武。我母亲所在的学校有一间教室做了所在大队的仓库。从仓库的门缝里能望见一堆废弃的轴承，我和我的一位同学准备顺手牵羊。先是从门缝里扔过绳子套，再用铁丝弯成的铁钩子钩，均未遂。

于是，就有了我后来长长一段时间为之得意的“发明”，将大块从废旧收音机上拆下的磁铁绑在竹竿的顶端，伸进去吸。竟连吸了四只。仓库保管是一个叫楼望的老头，满脸儿时出麻疹留下的斑点。他是精明的人，他知道仓库有几个鼠洞，洞里有几只老鼠，甚至能准确地说出自己脸上斑点的个数。我们一连吸走了四只轴承，他毫无觉察吗？他看了我们战车的四轮竟然熟视无睹。

这一直像一个没有谜底的谜语，远远地超出了一个孩子的理解能力。楼望老爹已不在人世了。也许，当年的我们是遇上了一个宽厚仁慈的人。幼小和长大的我们，在逃避过错的惩罚时，都不是幸运的漏网之鱼，而是有人故意让我们漏网。

老街

20年前，我大学毕业分配到这个小城，租住在城西的老街。记得是个夏天，酷热的天气让街上几条奔跑的狗伸出长长的舌头。

进一条老街的旧巷，一股阴冷的凉气扑面而来。铺路的是巨大的麻石，几百年来人的脚板已经把它磨得溜光，很狭窄的旧屋是晚清时的建筑，青砖壁上长满湿漉漉的青苔，细小的蕨类植物在青苔之上延伸，阳光只在屋顶黑瓦上跳跃，不曾入侵小巷内任何空间。于是，清凉游荡在巷子里，阴阴的气息，贴在人的肌肤上，也沉淀在人的感官和记忆里。

从此老街给我最深的印象就一个“湿”字，黎明即起，雾气弥漫，街景中的一切都氤氲着水汽，花枝与叶面上露珠滚动。即便夏天，也感受不到干燥的气味。

“十”字形的街，是曾经的州府中心。有功能齐全的小商铺、手工作坊和居民生活区。街两边分列着铁匠铺、鞋店、中医诊所、钟表店、洋铁铺……生活在老街，日子如缓慢的水流，按照自己的规则悠然行进。作息也显得自由，没有通宵的霓虹灯，而只看到日落时分老店铺打烊装上门板，贩夫走卒在清晨的鸟鸣中引车卖浆。动在静中，一切安然有序。

街口蹲着几个老匠人打洋铁。这种营生，同样改变着物质格局。一块铁皮，被匠人用剪刀、锤子打造成各种器皿。敲打洋铁皮，发出哓哓的声音，这声音覆盖了一切声音。尘埃在光线中飞舞，钟表也有走累走坏的时候，它们停下来，等待人们给予调理和安慰。修表的人，站在钟表店门前，给人地下工作者接头的印象，一个人掏出表，另一个人接过表，无言中，通过暗号接上了头。

墙角三三两两靠着静默的老人。其中一位老妈妈做老虎鞋和鞋垫卖，她的故事，让人感慨唏嘘。50年前，她还是个年轻的单身妈妈，牵着孩子上街，孩子竟在此处走失，她一直梦想着能与孩子在这里重逢。于是，她租房在这里住下来，做老虎鞋和鞋垫卖。老虎鞋做得虎头虎脑，她说像她50年前丢失的孩子。时间过得多快，她在这里一等50年了。

闲暇时，去登离老街不远的齐山。在苍翠的齐山登高回望，老街只是抽象朦胧的轮廓。乳白色的雾与烟浮起，由老街片片黑瓦勾连拱起的屋脊如大青鱼的脊背，逍遥游曳，时隐时现。

如果是个春天，老街就有了新的颜色。街边有参天的垂柳，嫩绿的丝绦垂下，如纷披的长发，又如摇曳的长裙。烟雨迷蒙，甜甜的雨丝夹杂着花香，潜襟入怀，沁人心脾。一句古诗在此景中，让人脱口而出："沾衣欲湿杏花雨，吹面不寒杨柳风。"走出老街，附近就是著名的杏花村，杜牧的那首《清明》正是为杏花春雨而歌。十里杏花，晶莹剔透，像一树树玉色蝴蝶，在春风中翩跹，铺展出浩瀚洁白的世界。

潮湿、清凉、芬芳、澄净，这是江南的春天独有的气息，在此气息之外，老街的空气中兼有一种淡淡的、让人迷恋的霉味，穿行花红柳绿中，走在青青的石板路上，做一次深呼吸，没有人不深深沉醉。

近几年，我开始怀旧，年年春天春风春雨撩人情丝。如今我居城中，陋室20年阅读写作，当空气中飘荡着微微的湿意和杏花的香味，我想去老街看看。可是，又担心它被"改造"，想去寻觅一份诗意却怕它荡然无存。想想还是算了。有形的事物终将消失，或可安慰的是每个人的心中都存有一条诗意的老街吧。

陈寅恪一跪

陈寅恪的孤傲是有名的，陆键东的《陈寅恪的最后二十年》对此多有撰述。

孤傲，须有所恃。这一点，陈寅恪似乎有先天的优势，祖父尊为帝师，父亲为“晚清四公子”，自己12岁即东渡日本留学，尔后游历欧美十数年，学贯中西。回国后与梁启超、王国维、赵元任同为清华国学研究院四大导师，时年35岁。与之有一拼的，海内也只有钱锺书了。

他学问和名气都大得吓人，新中国成立后，毛泽东访问苏联，据说斯大林向毛泽东问起过陈寅恪。英国女王曾专门致电向他致意。

这类人，孤傲可想而知，但又超出一般人想象，胆气与风骨同样吓人。作为政协常委，他常年不参加会议。1953年，中国科学院要设立中古研究所，拟请他担任所长。他淡然一笑，与当时的政治环境开了一个天大的玩笑。当所长也可，但他提出一个条件：“允许中古史研究所不宗奉马列主义，并不学习政治。”“不只我一人要如此，我要全部的人都如此。”并且要毛泽东给他开证明。算是狂谬得可以。

此后，将各级慕名前来的政府要员拒之门外，也就是小事一桩了，其中包括炙手可热权倾一时的康生。做了就做了，他还要写诗作记录：“闭户高眼辞贺客，任他嗤笑任他嗔。”“一生负气成今日，四海无人对夕阳。”真是羞煞人也。难怪那些碰了壁的官员，转过身一路骂："一个老瞎子，不就是懂十几门外语，咋就这么傲呢？"

其实，陈寅恪有倨傲的一面亦有谦恭的一面。陈寅恪的谦恭，也是让人相当意外。对于他的偶像，他表现得相当"铁粉"。

对此，说大师虚怀若谷未免笼统。应该说，真正的大师懂得与什么样的人保持距离，狷介傲岸；又必须对与什么样的人交往甘之如饴，敞开心扉和怀抱去亲密，零距离接触。方为"自由之意志，独立之精神"。

四川大学有位叫林思进的老教授，是巴蜀著名文士，道德文章让陈寅恪极为佩服。

林老先生有个习惯，每年正月初七接待他的诸位粉丝。陈寅恪打探到这个消息后，表现得相当虔诚。他提前几日就向林老呈上欲当面求教的书面请求。

这天，林老先生站在家门前接客。陈寅恪下了汽车，趋步向前，竟扑通一声跪在林老的面前，口喊"伯父"，并祝健康长寿。陈寅恪的举动，让在场的人颇感意外和尴尬，因为多年以来，川大学生只是向老师鞠躬敬礼，从不下跪。

而像陈寅恪这样蜚声海内外的一代大师，竟如此谦恭礼让，怎不让在场的人不知所措。

非但如此，陈寅恪恭敬地站起身，从自身携带的小挎包中掏出自己亲撰的一副对联，上书"天下文章莫大乎是，一时贤士皆与之游"，表达内心的敬仰和诚服。

陈寅恪的一跪，并非做做表面文章，而是在精神世界里把林老当作自己的支撑。此后一两年，陈寅恪已有双目失明迹象，遂意志颓废，辑古诗得一联自况"今日不为明日计，他生未卜此生休"，求林思进书写而后悬之厅堂。林老婉拒，并劝他："君有千秋功业，何得言此生休矣？"

陈寅恪为之一震，如醍醐灌顶，在此后的二十多年里，陈寅恪一直感激这句话。

掌心里的橘子

去医院探望熟人。

轻声地问候和祝福，让病中的人获得了些许慰藉。病床旁边，躺着位老先生，或许是听觉的原因，大声地嚷嚷。

他在说一件事。

床边是一位老太太，轻手轻脚，低眉顺目，或许是在一起生活多年的缘故，似乎对老先生的嚷嚷习以为常。

听了一会儿，老先生是在说有关橘子的事。老先生要吃橘子，看起来，他是个急性子，等得不耐烦。

不由得责备起来："人老啦，真不中用，你看这老太婆，让她拿个橘子，她一直放在手心里，足有五分钟了，动作这么慢！以前可不是这样啊！"

老太太轻声地解释："不是慢哦，也不是把橘子忘在手心哦，你还不知道自己的毛病？"

两个人，声音一高一低地对着话。

明白了。原来，老先生患有严重的气管炎，一到天冷，容易咳嗽，尤其吃生冷的食物，更容易咳嗽，可是，他爱吃橘子；老太太把橘子握在掌心，是想让掌心的温度，将橘子焐热。每到冬天

吃橘子，老太太总会把橘子握在掌心焐上五分钟，再递给老先生。

妻子夸老太太真有慧心。而我想，相濡以沫几十年，爱到深处，不经意间总有温馨的细节在潜意识中流露出来。只是在冗繁的生活中，这些细节像金子埋在沙堆里，秘而不宣而已。

身边常有看似好好的一对夫妻，忽然间就离了。原因也不是什么大不了的事，都是指责对方对自己不够关心，不够理解，不够体贴。不断摩擦，由小生大，终致水火不相容。其实，生活好了，物质上什么都不缺。缺的就是，这“握在掌心的橘子”吧？

迎着傍晚金色的暖阳，我常常在郊外散步。也常常想到那对老夫妻。尘世中，每个人都得忍受自身的病痛和外界的伤害，内心常常有难以言说的痛苦和焦虑，收获一个温馨的细节，至少能获得片刻的拯救。

同时，我也想到了妻子，她很少休息，几乎在所有的时间里奔波劳碌，在夜色中疲惫归家。我想了很多，想到了所有我所爱的人……我该如何表达我内心的柔情？

在一个合适的时间，我也想把我掌心的体温，传递给他们，我想他们会明白我要说的一切。

2

第二辑

在冬夜里歌唱的鱼

冬天里的生灵

冬天的风仿佛一道魔咒，吹起时，天空变得灰暗。当它强劲地扫荡江淮丘陵时，童年的我，眼中曾经活泼的生灵，顿时蔫了下去。飞翔的鸟，飞着飞着，突然往下掉，接近地面时再飞上去，让人心中感觉好一阵惊险。

草与叶，开始枯黄衰败，枯草在风的缠绕中呜咽，枯叶沙沙地撤退。家禽与家畜们不再远足，它们尽可能地贴近灶火，暖和身子。

再冷的天，我们也得吸着鼻涕上学。风从教室窗户上破塑料纸缝隙里钻进来，来一阵，我们缩一阵脖子，哆嗦一阵身体。有一天，老师看着我们，久久地看着，很认真的样子，突然大笑起来，他说，怎么一到冬天，我看你们都像傻子？哄地一下，全班跟着笑起来。下课找个坑洼，撒泡尿照照，果然，面部冻僵，毛发耸起，呆头呆脑，像个傻子。冬天里，犯了错，老师不再用尺子打掌心，他说，冬天孩子们哭起来的样子怪可怜的。

阳光照耀的时候，暖阳像新烤出的蛋糕一样诱人。有一两只土蜂在土墙的缝隙间往来穿梭，嗡嗡鸣叫，父亲搬一把藤椅坐在院中，院里有株腊梅花吐着芬芳。他教我背两句诗，一句是“云晴

鸥更舞，风逆雁无行”，他说你看冬日里的动物们，天晴了沙鸥们跳舞跳得很开心，逆风一吹雁阵就溃不成军了。另一句是“一条藤径绿，万点雪峰晴”，他说这是写静物，化雪啦，一条藤上的雪化了露出了新绿，抬眼看远处万点雪峰也露出峰顶了。诗中，冬天里的生灵可怜又可爱，显然父亲很欣赏这两句诗。40年后的我，如今也能体会其中的妙处。

而当时，万籁俱寂，风过小院，轻叩柴门，黄犬卧地，父亲随手翻书，我和妹妹主要兴趣是在院里腐土中挖蚯蚓。不远处，溪流在冰层下艰涩地流过……

阴霾在西边翻腾时，天空仿佛写满不祥的预言。人和畜，纷纷收拢在家中，青瓦铺就的屋顶，成了冬天各种生灵的庇护神。阴沉的天色反射到人的内心：严寒会来，大雪会来，或许会缺衣少食，会不会还有更多无法预知的灾难和不幸呢？冬天，人的心灵变得脆弱易感，也更善良，也更多流露出对同类和异类的爱。

有一年冬天，我顺着梯子掏了屋檐下的一窝麻雀。五只未长毛的小麻雀，像一群浴缸里的婴儿。第二天早晨，父亲对我说，昨天晚上老麻雀叫了一夜，我猜是你掏了它们的窝！

父亲脸黑，脾气暴躁，发怒时很吓人。我从灶门口端出一只鞋盒，鞋盒里垫满了这年我家打被絮剩下的新棉花，这群黄口小儿伏在云朵一样的棉花上哼哼唧唧，仿佛向我父亲哭诉。父亲照例发了脾气，我也斗胆抗争。父亲让我把它们全送回去，我说如果那样我就不再上学了。

我和父亲都是同样的犟脾气，父亲知道这一点。僵持了一会儿，父亲做了让步。他说他会折纸鸽子。作为补偿，他折纸鸽子给我玩。纸鸽子好玩啊，拉它的尾部它的头就向下啄翅膀就扇起来……这个平日里不苟言笑的冷面男人，说着说着，突然出人意料地俯下身子，嘴里咕咕叫着扇动两只胳膊就在屋里“飞”了一圈又一圈，他的变态在于引我上钩，以期协议的达成。我已经乐不可支。

中午时分，父亲并没有折出纸鸽子，而练习本整整撕掉了一本。他怔怔地坐在椅子上。突然双目一亮，他想起他童年一个伙伴会折这玩意儿。而那伙伴却在十几里外的山区。

大雪盖了下来这年冬天雪下得很大。傍晚，母亲望望白茫茫的一片天，说，为了你的纸鸽子，你父亲看来要困在山里了。说话间，父亲已抬脚进门。但见他成了雪人，眉毛上也是雪花。他跺跺脚，雪簌簌地顺着他的黑大衣落了一地。

他呵呵地笑着，从口袋里掏出纸鸽子。纸鸽子有点潮湿，但拉一拉它的尾部，头和翅膀还能动。

借书往事

之所以称“借书”为往事，是因为它在我的生活中是昨日之景，今日不再重现。回想一下，虽然现在天天在读书，但已经十年没借过书了，也没有人向我借过。如今网络书店和网站读书频道，像一场飓风席卷而来。书不用再借了，足不出户，想读就读。

借书，在记忆中是无法淡去的。它曾经是一代人的生活习惯，或者说是生活内容的一个部分，其中包含的细节，有比书本身更深长的意味。20世纪，文娱生活贫乏，书与电影几乎成为人们精神生活的全部。彼时借书，如赴心灵之宴，意味着去接受一个未知的、精彩的世界。去借书的路上幸福感很强烈，如同去跟恋人约会，是一件让人心动的事。

为数不多的电影里，常出现书的镜头。公园的长椅上，两位地下党接头，一位手持一本雨果的《悲惨世界》，这是暗号，接上了；恋人在湖边约会，男青年手持一本托尔斯泰的《安娜·卡列尼娜》，话题由此展开；或者某位侠客去图书馆借某本书，打开，书页被剜去，藏着一支勃朗宁手枪。当时人的精神世界比较单纯，所接受的新事物也少，难免为此兴奋和激动，觉得外国作者人名和书名特洋气，书中藏枪，感觉特神秘。这是早期的诱因，让许多生活中很自尊的人，在今后的借书环节上，死皮赖脸，矢志不渝。

因为匮乏，往往书会成为那时人们的珍爱。记得我的三年级语文老师将水浒故事讲得引人入胜，传说中他有本《水浒传》，几位同学寻机溜进房间搜寻未果。全班依次去借，无一例外都哭着回来。后来才知道，确实有套《水浒传》被层层旧报纸包着，被老师吊在屋梁上，一群蜘蛛在上面织网捕虫，娶妻生子。我经过他房间的时候，总不禁对门缝里瞧瞧，觉得屋子里热闹又神秘，不仅住了老师，还住了梁山一百单八将，还有阎婆惜、景阳冈的老虎。

高中课堂上，正上袁枚的《黄生借书说》。有同学问，老师您借过书吗？老师不知是计，顿时眉飞色舞，唾沫似绵绵细雨把坐在全排同学的后脖颈都给淹湿了。下课铃响，全班一起起哄："书非借不能读也"，一起拥到老师房间，抢光了书架。老师哈哈大笑——他终于豁出去了，自己动手干脆把那张"谢绝借阅"的字条也给揭了。

那时，在人际交往和增进感情方面，借书是很好的媒介。一位好友的爱情故事正是从借书开始的，高中时，身后的女孩秀外慧中，于是他不断地回头向她借书，把脖子都扭酸了。渐渐书中夹了个字条，字条的内容由浅入深……由于他悄悄进村，感情瓜熟蒂落方为人知晓。而那些像苍蝇嗡嗡闹的一群，都被她严词拒绝。后来，我询问了我身边的六对夫妻，他们中的男人坦白，都是以"借书"做掩护，才把"贼心"发展到"贼胆"的。

物质条件的极大满足，填平了人的欲求。面对精神的美味，已经不再有饥饿感。当物质与精神的粗粮将我们重重包围的时候，无论什么也不能让人觉得新奇，一切都司空见惯。包括想读一本书，太容易满足了，点一下鼠标即可。无须借书了，也告别了借书之趣。

因此，我常常怀念某段时光。那是20世纪90年代，我刚刚分配到单位，青春而热情。与朋友凑在一起就讨论一本书，而不是房子、车子、股票。然后约好了，去彼此的住处借阅。

回来的路上，阳光总会很好，走在和风中，持一册书在手，自觉文雅而芬芳。

母亲的腊月，儿女的年

电话打过去，那一头母亲气喘吁吁。我问，您老在干吗呢?母亲说，腊月了，我在腌菜心呢，等你们过年过来吃。

我本想劝老人家别累着，可是转念一想，母亲们腊月里的忙碌，是她们最得意的年终总结。比如我母亲，她好像在拿过年做一篇文章，构思然后寻找，突然灵光一现：菜市场只买到腌白菜而买不到腌菜心，她要用家乡制作菜心的方法，让我们重温儿时的美味。

记忆中，腊月到了，母亲们就开始忙碌。多年之后，在我的心里形成了一个命题——母亲的腊月，儿女的年。腊月的忙碌属于母亲们，过年的快乐属于儿女们，腊月里，母亲们要用忙碌来为儿女们制造过年的快乐。

母亲的腊月始于一年又一年罡风起，在严寒中母亲们呵着冻得通红的手，将大地富饶的馈赠制成美味。母亲们的双手是腊月里的渡船，将儿女们的味觉和心情渡到快乐的彼岸。腊月是过年的前奏，氛围由母亲们开始渲染。我们的记忆中，母亲们熬糖、打豆腐、炸馃子、切年糕、浆冻米……炉膛里烧着熊熊的火，鼻尖上渗出母亲们热热的汗，这一切的场景都热气腾腾，这一切的细节都包含着母亲们的慈爱和良苦用心。

我至今仍然陶醉这样的情景，夜尚未退去，山岚和烟雾在黎明前骤聚，叮叮当当的声响将我唤醒，从温暖的被窝里伸出脑袋倾听，哦，要过年了，母亲开始忙碌了，所有的声音都在传递口福和快乐的消息；夜里，我已睡了很久，醒来时，看见了母亲在昏黄的灯下忙碌的身影，心头蓦然间流过一股热热的暖流。可惜，我们很快就长大了。

儿女们过年的快乐其中一项重要内容是，在千里之外，遥想着母亲在厨房的忙碌，感受幸福和感恩。读大学那会儿放寒假，去火车站买火车票，人如潮水铺天盖地，都是腊月里回家过年的人。我们搭着人梯买票，心中却感到此刻最为快乐。一位同学不停地嗅着，问他何意，他说："我已经闻到香味了，真的，我妈妈在烧菜，在烧年夜饭啦！"

我所在的这个小区，母亲们也开始忙碌了。暖阳下，两个老太太在灌香肠，聊着儿女们，聊着过年的安排。我路过，跟她们开玩笑："你们这么累干吗？过年别把他们宠得太娇、喂得太肥，一样都不给他们弄，让他们失落一下。"

一位母亲笑了，说："你这伢子，腊月里母亲忙，不是累，是乐啊！"另一位母亲说："都打电话跟他们说了多少遍了，家里有些什么吃的，把他们勾得馋馋的，过年恨不得一步跨到家。"

小区里，有阳光的地方，都挂着风干的香肠、咸鱼和腊肉，这是母亲们辞旧迎新的杰作，它们在寒风中等待，等待在随后到来的某一刻浓香四溢大放光华。在我眼里，它们是腊月里高挂的母亲们的旗帜，传递着欢乐的信息，舒展着亲情的召唤。

母亲的腊月，儿女的年。

父亲的游泳池

小时候，我家门前有一很大的水库。水的诱惑，是小男孩无法抗拒的。

我父亲白天不在家，晚上回来首先观察我的表情。只要是下了水，就很难骗过他的眼睛。他拉住我黝黑的胳膊，用指甲一划，若长时间浸泡在水里，这一划，就会划出一道白渍。

接下来是一顿暴打。叫声惨烈，父亲用细竹枝抽出我一身斑驳。那种图案，让我看一眼都伤心。打得越凶，越表明父亲的焦虑。每年的暑假，夜里他都会从噩梦中惊醒，惊恐地描述他的梦："我捞啊捞啊，怎么也捞不着啊！"

有时候他捞了一夜，他在梦中捞的，是掉进水库中的我。

每次暴打之后，有三五天我不去水边，可是后来就全忘了。脱短裤的时候还有点犹豫，短裤一脱，就全然不顾了。打吧，打吧，先游个痛快再说。人在水中，想到父亲的竹鞭，后来心中竟生出受虐的快感。

有一年暑假，父亲突然对我说，我在想法子，让你既能游泳，又很安全。我父亲是个喜欢突发奇想，而且做事有激情的人。他这样想，让我很兴奋。他的想法是，在我们家的小学附近，挖一个游泳池。

很快，我们全家出动，还请了个小工，挖了一个星期。挖出了十米长、五米宽、一米多深的大坑，四壁和底部，用棒槌捶平整。挖好后，我和父亲躺在尚未灌水的池中，阳光透过斑驳的树影照过来，我们累得像一堆沙子，可是心中感到新鲜又快乐。

接下来，父亲请了三个小工，挑水往池里灌，三个小工整整挑了一个上午。水灌满了，父亲指着一池的泥浆说，游吧，游吧，尽情地游吧。为了配合父亲的情绪，渲染自己的兴奋，我就在这一池泥浆中摸爬滚打，在水里造出闷雷般的声响。池边的父亲呵呵地笑着。

突然，父亲做出了意外的举动，他把上衣脱了，也跳进了池子。小池子里顿时翻起了巨浪，直至惊涛拍岸。这一天，也是父亲最快乐的一天。

好景不长，第一天清晨起床一看，一池水不知去向。原来这里地势高，且都是沙地，易渗漏。

改进了几次，还是如故。后来，游泳池只好弃置不用了。

只是在雨天，池中浮着几只青蛙。

在我 13 岁的时候，父亲去世了。我也稍稍懂事，用心专注读书，不再因为游泳的事让母亲担忧。

去年，我回故地，看见当年的游泳池还在。池子已被沙土填埋，仅剩一轮廓，我想到了父亲，流下了泪。

睡在星星中间

蝉在黄昏中最后一声鸣叫，算是告别了白天的演出。太阳落下西边的山，夏夜，温度给了生灵充沛的激情。睡在露天，在夏夜星空下，在飘散着稻草味的旷野上，这是20年来离开乡村，乡村对我的致命诱惑。

最好能找到一条热闹的河，水草丰沛的地方，夜的凉风会从河面拂过来。找个地方，安置竹榻凉床，烧一堆艾叶，驱赶蚊蝇。火光辉映晚霞，火光和晚霞之间，有蜻蜓舞蹈，舞蹈犹如滑翔机的表演。唧唧复唧唧，虫子们开始了低吟浅唱，爱的信息在虫与虫之间传递。蛙鸣是最强劲的音符，当它此起彼伏，连缀成一片时，一种旋律覆盖了大地。

遥远处传来笛声，悠远而清凉，迂回而哀伤，心被带到很远的地方，去寻找一段传奇。有人轻轻地走过来，敏感的耳朵，会预知露珠滑落的声响。犬吠不曾间断，总有陌生人从村庄走过，可能是夜归的货郎，也可能是荷锄的农人乘着月色去田畴看水，问候声欢笑声，是喧嚣和寂静中的点缀。月亮游走在天宇，循着亘古的轨道，古老而又新鲜。清辉铺天盖地，给夜行人照明，又让万物长上一层白白的茸毛。最热闹的是池塘中的鱼，前后翻滚，即兴的体操，让平静的水面风生水起。

摇一把蒲扇，心中怀着希望等待。或许不远的村庄有一场露天电影，一台戏，或者民间艺人的说唱。但闻风声，一跃而起，呼朋引伴。引路的，是月亮和星星。那些一看再看的黑白影片，反复在乡人们的心灵种植着爱恨情仇，看一千遍也不厌倦，正如同样的庄稼一茬一茬种植千年而不弃。电影和大戏，可遇不可求。

而艺人的说唱，是乡村价廉物美的精神食粮。谷场上，汽灯搬走一块黑暗，聚拢一群人。一把二胡，一套寻常的锣鼓，一张表情丰富的脸，足够演绎百态人生。“锏打山东六府，马踏黄河两岸”，有个英雄叫秦叔宝；替兄报仇，武二郎满怀悲愤披锁戴枷；杜十娘为何怒沉百宝箱；还有那个幸运的卖油郎，最终以诚心占花魁。飞蝗葬身驱蚊的一堆火，蚊虫环绕在我们周围，热血在热浪中翻腾，噼啪声格外响亮，激愤的人们借拍打蚊虫而抒怀。

赞许和咒骂声中，一曲终了。夜已深，在露天的竹榻上睡下。疲惫的虫声和蛙鸣也渐渐睡去。一觉醒来，星星撒遍天宇，自己就睡在星星中间。而此时，露珠已铺满道路。

朋友与对手

父亲一生，在我的印象中，有三个最要好的朋友。

黄叔叔，黑瘦，镶一颗金牙，一笑粲然。一年有几次坐一辆吉普车过来。黄叔叔要来时，父亲少有的高兴，吩咐杀鸡沽酒，自己则洒扫庭院。黄叔叔抱我坐在他的膝上与父亲说话。神态和言语都充满了对父亲的崇拜，其时，黄叔叔在江南做官，父亲只是一落魄书生。

一次，他跟我说，你父亲不是一般的人，你父亲有学问。这让我意外，我印象中的父亲则是：夸夸其谈，好与人辩论。另一次，他悄悄地掏出一副扑克牌给我，又迟疑地抽出两张，说："跟别人不要说这是大小'鬼'，应该是大小'王'，这世间哪有鬼呀？我们都是无神论者嘛。"我听了很奇怪。

汪伯伯，高个儿，山东人，说话瓮声震四壁。在朝鲜战场冻掉了几个脚趾，腿有点瘸。父亲当面背地里都称他"老侉子"。汪伯伯与父亲是"文革"时结识的。当时，父亲一枪就朝一个大个子捅去，对方手起刀落，砍断了红缨枪的枪头。本来可以回应一刀，他却用眼神朝一条暗巷做出示意，父亲得以从此逃脱。

汪伯伯一来，就与父亲争论，有时吵闹的声音很大，引得邻居朝着窗户里莫名其妙地观看。有一次，父亲把一只新紫砂壶掷碎在地，汪伯伯则递给父亲一块石头，说石头烂了他才跨这个门槛。第三天，汪伯伯又来了。两人在一起，还不平静。不过，到关键处都显得有些小心翼翼了。

梁叔叔，面白，文弱，胆甚小，下雨打雷，吓得脸色发白，成为笑柄。不过，他当时是公社的武装部长，还挎一只很大的驳壳枪。父亲说话，他微微笑着附和，像相声中的逗哏和捧哏。梁叔叔一落座，就卸下驳壳枪给我玩，父亲担心："我可只有一个儿子啊。"梁叔叔摆摆手，没事没事，子弹卸掉了。

后来一段时间，黄叔叔不怎么来了。一天，一位妇女带着三个孩子来找父亲，是黄叔叔的妻子，说黄叔叔被单位一个"狐狸精"迷住了，让父亲劝他回心转意。父亲当即把胸部拍出了血印子，说别的人他不行，老黄这人他行。孰料，黄叔叔在这个问题上不仅不买他的账，还离了婚，又结了婚。父亲与黄叔叔大吵一场，遂如管鲍割席，从此两人断交。

不久，汪伯伯病故。汪伯伯死后，父亲很落寞，少说话，有时白眼望天。有一年秋天，西风漫道，父亲一病不起。忽一日，父亲爬起来，欣喜地对母亲说，昨夜遇见他了，这个老侉子，梦里还跟我吵一架。母亲一惊。没挨到第二年秋天，父亲就病故了。

那天夜里，江淮丘陵正下着一场淅淅沥沥的雨。黄叔叔接到电报后，连夜从江南过江赶了回来。锥心疼痛，扶棺大哭。梁叔叔有事，没来参加追悼会。

后来，梁叔叔对人说起父亲："这人脾气太坏，我和他的交情是我委曲求全这么多年维持的。"本以为梁叔叔与父亲处得最融洽。听了这话，我和母亲都十分吃惊。

到底有多暖

我记得我儿时戴的手套，是一双袜子改成的。我姐姐妹妹们的都是。

天冷的时候，妈妈拉开装袜子的抽屉，从中找出末端被脚指甲蹭破的几双。他拿出剪子，她笑盈盈地说，给你们变个魔术，一会儿就有手套戴了。她将袜子的末端剪去，再在一侧挖个小孔，用线绞上开口的部分，这样手套做成了。我尤其喜欢看开口部分的绞线，像是一串小蜈蚣的长脚。

上学的孩子，天再冷，手得伸出来。这种手套薄薄的，并不暖。戴在手上，也只是聊胜于无吧。在寒冷的乡村度过童年，我们姐弟四人的手一到冬天就生满了冻疮。于是，凑在一起就猜：一双真正的手套有多暖？都摇头说不知道，只知道手上的冻疮又痒又疼。大姐时常鼓动弟妹们起来造反，她说："你看妈妈用毛线织了那么多又好看又厚实的手套，就是不给我们戴，难道她的学生比她的儿女还亲？"

是的，一到冬天，母亲就忙着用粗粗的毛线织厚厚的手套。毛线红红绿绿的，在我童年的眼中和彩虹一样美。

山村的夜，像黑色的大鸟扇动着翅膀，熄灭了一切火光。然而，当我夜半醒来，依然看见了灯光，和墙上母亲剪纸般的影子。风呜呜地吼着，与猫头鹰的叫声混合在一起，听起来有点吓人。母亲在织手套。寒夜中的温暖，只有油灯光亮所及的那么一小块。

冬天，山里的风，像刀子一样割人，风一吹，孩子的手顿时变成了“烂地瓜”。但在母亲的班级，有两类孩子的手不会冻冻疮，一类是好孩子，学习成绩特别优秀；另一类是苦孩子，家里特别穷。他们都能戴上我母亲给他们织的手套。除了抵御冻疮，老师亲手织的手套，还让他们感到自豪、幸福直至有点恃宠而骄。戴在手上，他们会夸张地朝上面呵气，以引人注目；不戴的时候，就挂在胸前，像战士的勋章。那时候，我很羡慕他们，因为我既不是好孩子也不是苦孩子，所以跟妈妈的手套无缘。

40年后，母亲退休了，离开了乡村，来城里买房居住。到了冬天，聚在一起的时候，我大姐总是开玩笑：“老娘，你那时织了那么多花花绿绿的手套，怎么就不给我们织一副？总给我们戴‘袜子手套’，搞得我们搓着满是冻疮的手，就在心里猜手套到底有多暖？”

母亲叹口气说：“我也是没法子，那时穷，也没有多少钱买毛线，班里那些好孩子是人才，总怕埋没了他，那些苦孩子尤其是没娘的孩子我又心疼，我不对他好谁对他好？可怜那时农村穷啊，你们还记得不？大冬天孩子连袜子都没得穿。何况，我也没有工夫，我又要教书，做家务，带孩子，还养了一头猪和几只鸡，好像还有几只豚，你爸爸是个油瓶倒了都不扶的人，我哪有那么多时间啊，只好委屈你们一点。”

戴母亲手套的学生，如今分布在各行各业，官员、学者、商人，更多的是木瓦匠和民工，他们在谈到我母亲的时候，都会说：“周老师是好人，那会子对我们真好！”他们都在为自己的生活奔忙，并没有想象中的如何感恩。母亲那辈子人，做人做事都从良心出发，此外别无他念。

某年的冬天，我陪母亲在街头散步，遇到一位她昔日的学生。他将奔驰车停在路边，跟母亲说了好一会儿话，他说："那手套好暖啊，是红和绿两色毛线织的，晚上睡觉就焐在胸口，也不晓得有多暖！"他的语气很夸张，说的是童年时我母亲送给他的手套。

我顿时有点嫉妒他。是的，到底有多暖？他晓得，而我不晓得。

乡愁的依据

岳父打电话来说，把乡村的老屋卖了。我吃了一惊，怎么说卖就卖？他说，反正又没人住。几年前他就已搬到城里跟儿子居住。可是，我很难接受他的做法，就不能不卖吗？电话那边是呵呵的笑声——他老人家正在数票子呢。

我家的老屋，在我六岁那年，被我父亲卖了。当年，先祖置下丰厚家业，开了许多手工作坊。一座很大的四合院，掩映修竹中，碧水青山，花草簇拥。印象最深的是，我五岁那年回乡，坐在油坊的石碾上被黑布蒙眼的驴子拉着，绕碾槽碾菜籽，后来竟在梦中从石碾上摔下来，额头至今还留下一块疤。

然而，在故乡，我是快乐的。与温驯的牛交上了朋友，去山坳采集野花，看风信子飞来飞去，捕捉蝴蝶和蜻蜓。如果飞机飞得很低，竟和伙伴一道拿一枝竹竿，去最高的山顶，想用竹竿捅下飞机……生活就这么新鲜有趣，自由烂漫。

后来，父亲将这座老屋卖了，卖掉的原因是，他在外地工作，这里没人常年住居。其实，全家人都清楚，他是个寅吃卯粮的主儿。果然，随后的时间，他出手阔绰，喝酒吃肉，大宴宾朋。不到两年，“老屋”就被吃光了，父亲又回归了原来的贫穷和困顿。

偶然回乡，老屋的原址上竖起了另一户人家的新楼。站在风里，心中好一阵惆怅。这本是我的“据点”，如果不是被父亲卖了，我会在院前院后，种满桃树，漂泊的心会跟着春天的桃花一起灿烂。现在，我只能眼睁睁看着楼房的主人附在三楼的栏杆，俯视山河，目收春景。

岳父家的老屋，成了我与乡村的纽带，同时也是我在乡村最后一个“据点”。记得与妻子恋爱时，走在旷野，四周是啁啾的鸟叫，油菜花铺满了道路。

老屋虽破，却是乡愁的依据，也是还乡的归宿和寄托。不过，进了城的岳父一直在劝，按你们的经济条件，老了到北京、上海去买房。这引起我的警惕。我告诉他，千万别把老屋卖了。他满口答应，但说话时闪烁的眼神，让我担心他在心里另有打算。果然，他抵挡不住两万元的诱惑，就这样让我们失去了乡村最后的“据点”。现在，我想我延伸到乡村的根已经被拔起、被斩断。

岳父把“据点”给端了。他不明白，一个人困于市嚣，梦里尽是故乡的山河。虽然，为了乡村的美景，未必会放弃人生的全部意义。但遭遇城市伤害时，有一个乡村的据点，这个人就有了反击的方式：买一张车票，宁静可以瞬间抵达。

荒野歌手

月光中浮动着蒿草，秋夜的风一阵凉过一阵。山冈上氤氲着苦艾草和松树脂的气息，虫子们在秋风中归隐。听见钢锯和锉刀锯出的声响，清脆，锐利，划破荒野的沉寂和空旷，那便是蟋蟀的叫声。蟋蟀的叫声覆盖一个夏天，延续到秋，直至白露为霜。石头的缝隙间、荆棘与草丛中，是蟋蟀的栖身之所。一把手电筒一只竹编的小篓，在月夜之下，在乡村的旷野，就可以斩获无数。

小孩子爱蟋蟀，爱其勇猛。两只蟋蟀的打斗远比现在的功夫片来得真实。惨烈的程度类似古罗马的角斗场。傲然睥睨的那只，容易就让人想起奴隶英雄斯巴达克斯。那时，在我居住的乡下，蟋蟀被称作“蚂蚱”，用空火柴盒装上几只，就有了会唱歌的“话匣子”，让它与童年寂寞的心对话；打开火柴盒，又能欣赏到“战神”的打斗。

父亲读过书，说在书中它又叫“促织”，于是，听见唧唧的声音，就以为蟋蟀在织布。还记得一个晚上，油灯摇曳，父亲给我讲过蒲松龄的《促织》，于是，成名的儿子就在是夜，被父亲的这盏油灯照得忽明忽暗：他放跑了上供的蟋蟀，被逼得投井而死，冤魂终究化作了蟋蟀。从那以后，对它莫名有了些敬畏，它染着夜色，在荒野呢喃，阴森和鬼气附着魂魄。大人们又说，此物虽个

小体微，却是灵物。

它的叫声让秋夜在时令中突出，荒野也因之荒凉寥廓。一只蟋蟀的叫声可能被月光洗得发白，被夜风吹得七零八落。如果是多声部的合奏，音流组合在一起，天地间，就只充塞一种单调又雄浑的声浪，声浪一浪接一浪，尖利而持久地划过耳鼓。未曾去过荒野，未曾在荒野之中，感受过蟋蟀的歌唱的人，始终也不会知晓这小小的虫子，能发出如此巨大、令人震撼的自然力。强劲和坚韧的精神，传布大地，流走在四方。

我的一位在城里长大的朋友，读了《古诗源》里的“蟋蟀鸣，懒妇惊”的句子，读了流沙河的那首《就是那一只蟋蟀》的诗，想听蟋蟀的叫声，他向我描述了想象中的声音：像流水一样清澈流畅，像黄鹂悠扬婉转。我笑了，纠正了存留在他意识中的错觉，其实它很土，像普通话语境中的方言，也很单调，但却有穿透力。我该怎么来描述这种声音？牛担着犁铧，犁铧划过山路碎石的声音；锅铲刮锅的声音；锉刀锉过钢锯锯条的声音，甚至有点像耳鸣，单调，锐利。

离开蟋蟀的家园，来城市流浪，我忽然想听这种声音。一日，走到城西，在古城墙根遇上一位盘腿而坐的老者，他的跟前摆着六七只黄泥瓦罐，男女二重唱就在瓦罐中一唱一和。在城里，已很难见到这样的老者，浑身土气，形貌古朴，头脑单纯，莫名其妙地，觉得他有点像远古传说中的神农。用一瓶矿泉水的价格，我买下了一对。黄泥瓦罐在书架上束之高阁，我却没再听过它们的叫声。我用带露的菜叶去滋养它们，用黄鹂的叫声去诱导它们，甚至想尽了一切方法去贿赂它们，它们始终不肯为我叫一声。一位智者在书中告诉我，离开大地，离开土气，它就不再为谁开口歌唱。

我忘记了，它是荒野的歌手，只有大地熟稔它的心思，它的歌唱只为大地，那是思念和倾诉。亘古的幽情源于大地，根植于大地。城里没有伴奏的月光，没有寥廓的荒野，没有引唱的河流，难怪它歌喉喑哑。秋风一阵凉过一阵，我忽然想念故乡。

紫砂壶与线装书

儿时，常见伙伴毛头的父亲摩挲毛头的光头，我跑去问母亲，我父亲怎么就不摸我的头呢？母亲说，你父亲的手哪得片刻闲暇？父亲的手常年捧一把紫砂壶摩挲、把玩，比毛头父亲摸毛头的头还要亲密。

紫砂壶数把，放在书桌上排成一溜。早晨起床，父亲一把把检阅过去。然后一把把拿过来试擦，从其中挑过一把做当天的茶具。闲聊亦是谈壶，什么是好壶，父亲的标准是："脱手则光能照面，出冶则资比凝铜。""壶小乾坤大"，父亲的学问一半在壶里，他读过《阳羡瓷壶赋序》，还知道紫砂壶的创始人是明代的供春。耳濡目染，连那时的我也知道一些制壶名家，比如明代的时大彬、李仲芳和徐友泉，清代的陈鸣远、惠孟臣和陈鸿寿。

好壶是有"灵性"的，父亲说，它能与主人的心相通。一次，终于有了验证的机会。父亲大醉不醒，正巧家中来了客人。母亲让我在门前石坎上砸碎一块瓦砾，惊呼"壶碎了"。我如法炮制，父亲听得声响，一跃而起，醉意全无，与客谈笑风生。母亲揶揄父亲，若心有灵犀，应该知道碎的是瓦砾，而不是壶。父亲答道，若知道是壶已碎，碎则碎矣又何必惊起。绕来绕去，也不知道他老人家那一刻的真实想法。

父亲故去了多年，我拿这些壶请人鉴定。结果是，绝大部分都是后人仿制的赝品。只有一把壶底下印有“大彬”的印章，却是一把残缺得只剩下壶身的残壶。想一想，这些壶白白骗父亲爱了一生，真实的壶是虚假的，而虚无的情感反倒是真实的。

出身于读书世家，先祖留下几大箱线装书。青灯黄卷，皓首穷经，这是父亲觉得自己有别于他人的地方。拿出书来拍一拍，阳光中浮动尘埃，父亲用手指着，这尘埃都是书香啊！我只记得一些常见字的书名，什么《二十四诗品》《六一诗话》《河东记》。父亲说，这些都是《四库全书》里所存的书目，宝贝啊！

其中一本《太平广记》，本以为是讲太平天国的英雄故事。不料全是神仙鬼怪、方士巫术之类。父亲呵呵地笑着，宋人编的书，怎么会记载清朝太平天国的事呢？一共五百卷，可惜我们家只有一本。冬日将尽，父亲坐在藤椅上晒太阳，随意翻看着线装书，时而也读，春风大雅呵，一声比一声陶醉。

但对于我，这些书远没有水果糖有味道，一日盗得钥匙，挑来挑去，我不想为难父亲，挑了一本最破的，书页遭虫蛀如筛眼，跟门前的货郎担里兑了水果糖。父亲知道后脸色煞白，狂追十里，无果而返。后来了解到这本破书是最有价值的书，汉人的《杂事秘辛》。父亲一口咬定是汉朝的版本。这次父亲也犯了一个错误：唐咸通本《金刚经》的刻印时间，才是印刷术的发明时间。

母亲搬到城里来住时，我问起父亲这些书。母亲说当废纸卖了五十八块八毛钱。我说：“这可都是宝贝啊！”母亲说：“我怎能不知道？可是你父亲为了读这些书，三十几岁白了头，四十几岁就耗尽了生命。”

见我不解，当教师的母亲说：“现代人还是不要钻进故纸堆里为好，读懂社会才是大学问。”

一只瓦罐的秘密

70年代初，我母亲在当地信用社存下一笔“巨款”——50元人民币。她觉得存一点钱，让她生活得安心一些。可能全家只有我一个人知道，这不是“巨款”的全部。我发现了母亲的一个秘密。母亲还放了一部分钱在瓦罐里。那是一只很小的瓦罐，釉面闪着重重的青黑色光泽。

此后，母亲的脸上模糊地出现了一些神定气闲的表情，可是另一种忧患却在所难免。夜里，她忽而把瓦罐放在枕头的左边，忽而又调到右边。白天，她总像在倾听什么，听着放置瓦罐方向传来的动静。

最需要防范的是我父亲和老鼠。父亲是个寅吃卯粮的主儿，上个月就盘算着如何蒙单位的会计，提前支取下个月的工资。家里若有余钱，父亲辗转反侧，半夜还要起来把它花光。否则，他是无法入睡的。有几次，他把搜寻的目光长时间地停留在瓦罐上。母亲吓得赶忙转移他的注意力，一场虚惊才算过去。

老鼠总会在不经意的时候，弄出声响。母亲担心它也在打那只瓦罐的主意。老鼠有足够的力气顶开瓦罐的盖子，而且这是一群见什么撒嘴都咬的家伙。它辨别不出金贵的钞票和废纸有什么

区别，而且它们也没有义务揣摩我母亲的心思。

后来的一天，母亲在床踏板下面的位置刨了个小坑，瓦罐被放了进去。这一切都没有躲过门缝后面的一双眼睛。当时我的心里存着大大的问号。母亲提心吊胆当然好理解，她要防范我父亲和老鼠嘛。可是存这笔钱到底干什么？干吗不与信用社的钱存在一起呢？

前不久，我无意中提到这个秘密。母亲很吃惊，她没想到在我们家里，除她之外，还有另一个人知道这件事。我重提几十年一直存在心中的疑问。母亲说："当时家里一窝孩子，我和你爸家庭成分都高，在那个年月，万一下放了、去职了、被整了，那一家人如何是好？"我说："那也可以存到信用社，而不必放在瓦罐里。"母亲说："万一我们取存单的权利都被剥夺了呢？"我终于明白这瓦罐对于母亲的意义，是担心之外的担心，保险之外的保险。

一个时代有一个时代人的行为方式。母亲由此及彼想到另一件事。

"你大姐前不久下岗了，不久就找到了比以前更好的工作，不就好在她除了原来的业务本身之外，还偷偷地学了另一门技术吗？你们这代人，在专业之外再学一门技术很重要，就相当于我当初除了把钱存在信用社之外，往瓦罐里再藏一笔钱。"

在冬夜里歌唱的鱼

天空是一片灰蒙蒙的苍茫，鸟儿去了岑寂的北方。火烧云沉到山那一边，山岗上，风一阵冷过一阵，蒿草在风中萧瑟。目光越过一道道山梁，一个人的影子就会在昏暗中裹挟着晚风，逐渐清晰。我和妹妹在等待父亲和父亲手中的鱼。

胖头鱼，头重尾轻，一种乡村廉价的鱼，很适合我父亲的购买能力。父亲微薄的工资，要养活一家六口。所以他很少笑，只在递给我们拴鱼的草绳时嘿嘿几声，在夜色中，牙齿很白，这是他留给我最深的印象。

我飞跑着，把鱼交给母亲。妹妹在身后摇摇晃晃地追赶。母亲接过鱼，刮鳞、剔鳃、破肚，整条的鱼分成小块。菜籽油的香味混合着松枝腾起的浓烟弥散开来时，厨房成了温暖的心脏，召集一家人围拢到一起。催促着母亲往炉膛添柴。火舌从灶口舔出来，母亲的影子贴上后墙，忽大忽小，斑驳摇曳。罡风缠绕窗棂发出呜咽的叫声，屋里的温度升起来，热量向着寒冷四散突围。

锅中的水，沸腾起来了。咕噜咕噜，鱼开始在水中歌唱，由一个声部转入另一个声部。这是世间最美的音乐，传递口福的消息。大姐在这时也不忘记做弟妹们的表率，装模作样地伏在灶台做作业；二姐的眼睛随着腾起的蒸汽升高，用桃木梳梳她又黑又粗的长辫；妹妹和我，绕着灶台打架，虚张声势，有别于平日里泄愤的争斗，而是在幸福的预感中矫揉造作，故作娇嗔。黝黑、冷峻的脸上露出慈爱和笑容，父亲还在沉默独坐，而他内心必然掠过一阵阵瞬间的喜悦，眼前的景象是他的成就。

不知道时间过了多久，母亲噘起嘴，吹锅盖上的蒸汽。揭开锅盖，如同揭开一个谜底。鱼怎么样了？母亲撒下大把翠绿的葱丝，鲜红的辣椒。锅盖合上时，她用毛巾环绕地盖住锅与盖的缝隙，让蒸汽闷在锅里，鱼骨就渗出骨髓和异香。

母亲只用鱼汤淘饭。她拨开贪婪的交叉着的筷子，挑出一块大而少刺的鱼肉，放在一只小碗中。

另一个冬天，黄昏我们不再去那个山岗张望。我父亲在这一年的秋天去世了。妹妹的黄发已经扎成了小辫，我们渐渐长大成人。温暖只会在寒冷中感知，冬夜是我人生最初的一门课程，严寒来袭时，需要取暖，并且不让一个人孤单。

听泥土说话

儿子失败了，带着沮丧从那个城市回来。母亲是个哑巴，从菜园里回来，见了儿子就明白了一切，用手比画着，又觉得比画不清。于是，将准备放下的锄头又拾起来，挖了一块土递给儿子。

这一夜，儿子没睡。月光照在方桌上，方桌上放着那块泥土。儿子望着泥土出神。后来，他仿佛感觉到泥土在跟他说话。是啊，没什么大不了的，就算输光了一切，家乡的泥土也输不掉。就算不被任何城市收留，这块泥土也会接纳他。就算失败如影相随，只要是块泥土，播下种子总有发芽的机会。

儿子看着泥土对着月光想了一夜。

带上那把泥土重新上路。儿子的心如泥土般踏实，性格如泥土般坚韧，待人如泥土般诚恳，为人如泥土般坦荡。

十年的挣扎、打拼，儿子成功了。一身光亮地从城里回来，双眼望天，意气扬扬。母亲从菜园回来，比十年前苍老了许多。儿子接过母亲的锄头，怨责母亲："您老这是何苦？这锄头您今后再也用不上了。"说完就要把锄头扔掉。母亲比比画画，感觉到比画不清时，又把锄头重新拾起来，挖了一块土，送给儿子。

一如十年前的那个夜晚，月光照亮了儿子屋里的小方桌和方桌上这块新的泥土。眼前的情景让儿子想了又想，又和泥土对了一夜的话。泥土永远处在低处，所以不会从高处落下来，跌得很痛。月光下，只有泥土黑漆漆一片，它不以光亮示人，它的光芒永在内心，才有质朴浑厚的力量。泥土不会因为身处山峰而自傲，也不会因为身处低谷而自卑。每一块泥土都很自然、平静、从容，所以才如此博大。

第二天，儿子走了，带着深深的羞愧。

从此，儿子处世如泥土般低调，性情如泥土般内敛，为人如泥土般虚心，对待成败得失亦如泥土般自然、平静和从容。

几年之后，与儿子同时发迹的伙伴，三三两两地从很高的位置掉了下去，跌得很痛，只有儿子一步一步走得很稳。

“发迹之后，我扔掉了那把土。不过，好在失败之前，母亲又送给了我这把土。”眼前的朋友认真地对我说：“如果再把这把土扔了，就等于扔掉了我的整个人生。”

3

第三辑

羡慕另一只鸟

美丽与苍凉的手

午间睡觉，忽然感觉头发被人轻轻地拂过。睁开眼，母亲站在身边，我问："母亲您找什么呢？"母亲叹一口气说："白发怎么添了这么多？你三十才出头啊！"我心里一酸，我每添一根白发，就给母亲多添了一份焦虑和心疼。

这双拂动我头发的手，我几乎长久地把它遗忘了。现在，注视着这双手，我忽然感觉是那么陌生。它已布满了老年斑，显得衰老、苍凉和力不从心。

这不是定格在我记忆中的母亲的那双手，那是一双美丽的手。

布满慈爱、神奇，仿佛具有改变一切的能力：在岑寂的旷野，我曾经哭喊，这双手替我拭去泪水；我曾经奔跑，膝盖磕出了血，这双手为我抚平伤痛；我曾经逃学，曾经不做作业，这双手拧着我的耳朵，罚我跪在重重的厅堂前；我曾经负笈去远方求学，这双手为我准备好行装；当我回到久别的故乡时，这双手手搭凉棚，向着我归来的方向眺望。曾经那样熟悉，是它牵引我来到这悲欣交集的人世。它恩威并重，给我物质和精神的家园。它打我，爱我，给我庇护，给我惩罚。教会我辛勤劳作，诚实做人。

冬日黄昏，风凛冽着，母亲带我到池塘边洗菜，站在水边，这双手解开自己的围巾，将我厚厚地围住，我站着也觉得冷，可是这双手，破开冰凌，洁白的手与新绿的菜一同伸在水里，一会儿就冻得通红；春天碧绿的菜畦边，蒲公英和马蹄莲灿烂开放，天蓝地绿，蜂飞蝶舞，这双手跳跃在花草丛中，为我采集野花。此刻，这双手给我留下的印象是那样的强烈，它衣着春阳华丽的金帛，像两只舞蹈的白色蝴蝶；油灯飘摇的夜里，这双手抚我入睡，拉着打蜡的麻线穿过鞋底。麻线把夜拉得悠长，我在鞋底吱吱的叫声中做梦，一觉醒来，这双手就把梦变成了现实。

这双曾经美丽的手，转瞬而苍凉。母亲眼中的孩童，如今已过早地生出了白发。头顶永恒的星光，是时光带人走得很远，也带走了青春和美好。这双手已不再神奇，它打不败时间。

沧桑已浸漫到母亲的每条皱纹，时间正改变着这双手的力度。无奈和乏力，让它丧失了改变事物的能力，然而，这手中的爱有增无减。

风中的蚂蚁

童年时我没有玩具，只能在地上捉蚂蚁。把小蚂蚁捉起来，放在一个空空的火柴盒里。等捉到一盒就在空地上把它们全倒出来，玩上一阵子，玩腻了，再一个个把它们掐死。地上蚂蚁的尸体像撒了一层黑芝麻。

这种游戏玩了又玩，可是，有一次我母亲走过来说："再小的蚂蚁也是一条命哪！能不伤害则不伤害。"因为没有玩具，我对母亲不满，而且那时也学会了狡辩："那您每天吃的蔬菜不也有生命吗？"

母亲思忖了一下说："那是迫不得已！孩子，我要告诉你，别跟我狡辩，这世上少一分歹心就会多一条生命。"这时，旷地上刮过一阵风，风走了，蚂蚁也无影无踪。

我高兴了，对母亲说："您看，风把蚂蚁带走了，就当什么都没发生。"我母亲摇摇头："生命不是一阵风，走了还会回来。"说得我直想哭。

母亲对我的教育，喜欢把善的劝诫寓于带有因果报应的小故事中。夜里，油灯下，又浮起一则寓言：一个人在溪边行走，忽然看见溪流中漂着一片树叶，树叶上一只小蚂蚁紧紧抱着叶柄，那

副求生的模样忽然间让这人心中有了一丝感念，于是，他追随溪流数里，赶上了流水中的那片树叶。

故事本来可以就这样结束，可是这人偏偏在一次江上乘船时遇上了暴雨。桅倾楫摧，一船人沉陷江底，眼看这人也将葬身鱼腹，忽然江面滚过一只巨大的黑球，黑球托起这人将他安全地送到岸堤。这人得救了，回头看时，看见了一只似曾相识的小蚂蚁和它的伙伴。

“小蚂蚁能够救人，那以后就让它给我当救生圈好了！”我母亲笑了，救人的不是小蚂蚁，而是人心中的善。

我家门前的山梁上，总有柔柔的风吹来吹去。从此，一只小蚂蚁迷途了，我会想着它妈妈等待它的焦灼，蝴蝶与蒲公英飞了，我又担心芒刺和荆棘会不会让它受伤，昨天的灰兔今天还会来吗，在归途中有没有遇到危险？今天的鹧鸪明天会飞往哪里？……一种对生命的感念忽然来到心间，天地悠悠，在风中，一只手再也托不起微不足道的小生命的沉重。

直到今天，我仍然想，一个人未必都会像故事中的那人去乘船，乘船也未必会遇到事故，危急时刻也可能等不到小蚂蚁的救助。可是，生命无论怎样的渺小卑微，都会有爱恨悲欢，甚至懂得感恩。就我们人类自己来说，有善在心中，拯救了别人，也等于拯救自己。

杯中舞台

洗一只玻璃杯，让它纤尘不染，撮一小撮茶放入杯中，冲入开水。隔着透明的玻璃杯看茶。看茶天女散花般悠悠坠落，看茶在杯中的千姿百态。一片茶叶，即将在这里实现作为茶的意义，完成它的使命，景象实在有些壮观。

水中浸泡的茶，最初是无意识的，像是集体无意识。浮着不肯沉下去，集中在水面上一起起哄。像是等待什么命令，或者需要某种暗示。总之，大家在一起似乎很团结，对于水和杯子之外的世界，采取观望的态度。晃一晃杯子，水波产生了一种冲击和震撼，拆散了一个整体。叶片纷纷各自为政，朝着事先预设的方向和路线各奔前程。

现实的茶，直率而单纯，来不及充分地舒展，就奔杯底而去。一路心无旁骛。好比赶集，早早地来到空无一人的集市。每一片茶叶都要到它该去的地方，有些匆匆似百米冲刺，有些悠悠地踱步前行，似有自己的心思、趣味、态度。没有来得及水中沉浮，也未曾见它在水波中舞蹈，直截了当，直线形地去了目的地。实在而单调。

梦未醒，浪漫的茶，摇摆着瘦瘦的身体在水中滑翔，时开时

合翕动的叶片，像一只蜻蜓在清晨用翅膀扇动雾岚和曙光。它仿佛醉了，醉在自己的芳香中，回头看一看来路，是一条优美的弧线。它漂呀漂，不知道漂向哪里，也不在意漂向哪里。有时到了杯底，忽然想起了什么，也可能是想起了遗忘在水面上的一件事，复又悠悠地起身浮起来。行至中途，想一想，那件事可能并不怎么重要，又悠悠地返回杯底。优美而茫然。

沉稳的茶则不然，它先展开作为个体存在的多重意义。它在水面充分地汲取水分，丰富和博大自己，然后从容、优雅地行进在必经之路上，像思想中的鱼在水中游弋。它的起降舒缓而有节奏，像乐曲中的高低迂回，像话语中的抑扬顿挫。它脚步不匆遽而能收获沿途美景，也不会因呆滞而不能完成自己。叶片旋转着，像一架直升机在草坪降落，气旋的绿色涡流影响和震动周边，庄重而有威势。这是对自己负责的生命演绎。充实而自在。

那些始终漂浮在水面上的茶，没有目标，无论怎样也不肯行动。不知是因为自身缺乏重量和力度无法下沉，还是因为懒惰而不思进取，它是无关紧要的、多余的、局外的，就那么浮着，对外界采取浅薄的取笑态度，笑其他叶片路线曲折，或舞步不雅。而它没有行动，也就没有破绽。所以，它能够高高在上地浮在水面上。但是，主人张开口，第一口淘汰的就是这样的茶。连爱茶的主人也觉得它盲目而可悲。

沏一杯茶，心静如止水。茶在下坠，坠入意识的深层。

看茶以不同的方式打开自己，每天会得到片刻的情趣和启示。

把石头背上山

城中有个三台山公园，树木青葱，满山苍翠，兼有莺啼鹂啭，是个晨练的好去处。我和老张就是在此处认识的。

看他第一眼时，他正背着一块石头拾级而上，我感到惊奇，五六十岁的年龄，锻炼的强度还这么大，受得了吗？忍不住，我问他："爬山已经让人气喘吁吁了，您还背个石头？"

他诡秘一笑："想知道为什么啊，等有一天我把石头背上山顶才告诉你。"

我为了解开悬念，每天早晨欣赏老张背石头。看着老张浑身流汗，一步步吃力向上爬，心里就想这是何苦啊。

老张的样子和从前小说描写的工人形象很相符，脸是古铜色的，四肢粗壮，胸肌发达，虽然上了年纪，两鬓斑白，可是肌肉仍然粗壮饱满。一问，果然是工人。他说他是农药厂下岗的，目前开个三轮电瓶车给人运货，但不是天天有活儿干。他说，儿子在外地工作，他得把自己和老伴照顾好了，才是对儿子最大的支持。

把一块五六十斤的石头背上山顶，不是一蹴而就的事。一般情况是，老张把石头背上山腰，就已经累得不行。我赶上的时候，把他的石头接下来，放在山道的一边。等我们上了山顶，在山顶的凉亭坐一会儿，下山时，他再把石头背下去。第二天清晨，接着往上背。

每天的山岚雾霭中，太阳一点点地爬起来，我拾级而上，跟在老张后面，为他加油鼓劲……很想推他一把，或者帮他抬一下，可是老张说，那么搞就没有意义了。

老张很倔强，石头更顽固，越是往上爬，它越是以更大的压力压迫老张。

日子像流水一样不紧不慢地流走，老张的进步也是明显的。石头摆放的位置，节节攀升，直逼山顶。老张喘气也渐渐平缓。我鼓励他，胜利在望！老张说，现在多流点汗，以后麻烦就少了。

事情并不按预料的发展。接下来的一个月时间，老张突然就不来了。看着摆在山脚下的石头我想，老张是不是放弃了？胜利在望，为什么放弃呢？有时候，我花一个早晨等老张，仍然不见他的影子。

几天前的一个早晨，老张兀然坐在山顶上凉亭下的条凳上，冲着我笑。他的脚边是那块石头。一个月不见，老张瘦了不少，他说妻子住了一个月的院，他服侍了一个月，还上了趟九华山求菩萨，妻子才出院。此刻，老张是快乐的。整个三台山的早晨，都被老张的笑声感染。

老张用脚磕磕脚边的石头，呵呵地笑着，不晓得怎么搞的，好像菩萨在助我，我今天早晨一背就把它背上来了。

关于背石头上山顶的秘密，和老张的妻子有关。妻子瘫痪在床20多年，一直是老张背上背下，背进背出，原来住在平房里倒也无妨，可是两年前平房拆迁了，他租了一个一楼暂住。回迁房安置在三楼，眼看回迁房快交钥匙了，这给他出了个难题，自己年龄大了，还得把老伴背上背下，因为他一直有个习惯——用轮椅把老伴推着在阳光下走走，这对她的身体有好处。

于是，半年前，他拿块石头来练，背石头上山顶，在他的预想中，这是背着老伴上下楼的模拟和提前练兵。他给自己设定了一个目标，一定要把石头背上山顶，这样背起老伴上下三楼就没有问题。

这个清晨如此美好，晨风，绿树，旭日，朝雾……这一切都围拢和包裹着晨练的人们。

眺望远处烟波浩渺的长江，我们谈着世间的真与善。老张憧憬着搬了新家后，还能像以前一样，把妻子背上背下，推着妻子的轮椅在阳光下散散步。

风在山顶上吹来吹去，只有石头在幸福中静默。

和父亲掰手腕

每个男孩子的面前，都站立着一个强大的父亲，父亲是现实意义的，又是精神层面的。男孩子征服世界的欲望，从战胜父亲开始。

儿时，我喜欢与父亲掰手腕。总是想象父亲的手腕被自己摁在桌上，一丝不能动弹，从而在虚幻中产生满心的喜悦。

可是，事实上，父亲轻轻一转手腕，就将我的手腕压在桌上。他干这些事时轻而易举，像抹去蛛丝一样轻松。直到我面红耳赤、欲哭无泪，父亲才心满意足收兵罢休。

本想得到父亲的宽慰，可是父亲每每都将我暴损一通。他指着门前的一棵树说：“臭小子，想跟我较劲，除非你能将门前的那棵树掰弯。”

于是，我从10岁一直掰到13岁。开始时那棵树纹丝不动，渐渐地树叶乱晃，直到后来树向我弯腰臣服。其间，有与父亲的“明争”，更有与树的“暗斗”。直到有一天，我竖起胳膊，意外地发现自己的瘦瘦如丝瓜般的胳膊上竟长出了弘二头肌。

我喜出望外，庄严地举起瘦瘦的胳膊，向父亲发出挑战。我一点点地将父亲的手腕压下去。到了关键时刻，顷刻间，父亲故

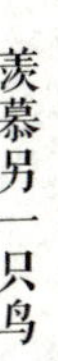

技重演，终于又将我的手腕压了下去。

这次，我沮丧得哭出声来。我母亲走过来，问我父亲：“你比孩子大，还是比孩子小？你就不能让他赢一次？”

“让他？”父亲翻翻眼睛，“除了我能让他一次，这个世界，没有第二个傻瓜会给对手一次赢自己的机会。”

当我的力量足够强大时，父亲却在我13岁那年早早地病故了。这十几年来，我没少跟一些人和事“掰手腕”，与时间、与困境、与失败、与沮丧，甚至与自己。时而输也时而赢。靠的全是信心、毅力、耐力和实力来说话。没有一次心存侥幸，赢得明白，输得坦然。因为心里一直明白即便是自己的父亲，一旦成为对手，他都想赢你。

这个世界上，还有谁愿意输给你？哪怕是一次！

辣椒小丑茄子象

那个暑假的快乐无与伦比，曾经的囚笼变成乐园。在看似了无生趣的日子里，有了新的发现：生活的真味犹如矿藏，深埋在表象之下。

那一年的暑假，持续高温。母亲担心室外的高温会让我们中暑，将我和妹妹关在屋里。那一刻，感觉家如囚笼。若是在屋外，至少也能看看蚂蚁上树。

关在屋里，连玩具也没有一个。自制的弹弓，因为父亲担心它伤及同伴而被没收。玩无可玩，只好在屋里和妹妹打架。

母亲从菜园摘菜回来了，她不看妹妹脸上的泪痕，用手从篮子里掏着，欣喜地制造悬念："瞧，我给你们带来什么！"我们快乐地扑过去，又失望地退了回来。母亲掏出来的是司空见惯的辣椒和茄子。

母亲说："我们能不能把它们变一变呢？"她让我们从篮子里找来两粒黑豆，又从门前空地上折下几根红荆条，像一位魔术师熟稔变通之法，红辣椒长出了一对乌溜溜的大眼睛，成了马戏团的小丑，围着翠绿的围巾，红脸，又红又尖的高帽子；伸着长鼻的茄子伸出四肢，俨然沉稳威严的象，肚大个儿高，紫色表皮仿佛涂了釉彩。

小丑和象开始了斗法。忽而小丑骑到了象的背上一逞滑稽之态，忽而象的蹄子摁住了小丑的帽子作为惩罚，小丑灵活地逃避着，象笨拙地追逐着……

渐渐地，“马戏团”扩展成了“动物世界”，长长的角豆进入了蛇的角色，大肚的南瓜扮演河马，一条毛茸茸的黄瓜可以瓜分成三个刺猬，土豆在铅笔刀的雕刻下千变万化，豺狼虎豹的形态呼之欲出。背景也很逼真，早晨的西红柿太阳，随着时间推移，就换成了一弯扁豆月亮；葱茏的韭菜，点缀森林草丛，一碟水就是沼泽……我们并不吝啬快乐，而是愿意分享。有时，蚂蚁和昆虫也应邀友情出演。

如果一个人，只愿意做观众，会错过创造和发现。

在一个完整的暑假，当生活的导演，导演自己的生活。一切情节和细节都可以由自己用心智来编排。这样，无趣的世界会有惊奇，惊奇中会发现世界原本是那么生动。

门的表情

开门和关门是人生中含义最深的动作，在一扇扇门内，隐藏着何等的奥秘！

夕阳中的山村小学，几十年前的无数个黄昏，当父母迫切地向那扇破门走去时，我意识到随即是一个急切的关门动作。这种被我父亲母亲重复了无数遍的动作，到底意味着什么？随即，油灯静谧安逸的光晕将从小屋中浮起，父母彼此交换着眼神，仿佛如释重负。这种眼神在我的心灵中留下了很深的印记。

父母都是善良的人，可是都来自阶级成分很高的旧家庭，无可选择的出身练就了他们敏锐的对政治气候的感知能力，预感征兆不祥，然后像候鸟一样迁徙，从城市逃避到闭塞的乡村小学。

那时，我的潜意识中，为父母的出身感到耻辱，替他们的怯懦感到羞愧。等到我能够明辨是非，父亲已故去多年，我不明白当年父母为什么在太阳尚未落山，就急切地关门，而且关门的时间总比邻居早一个多小时。几十年后的今天，我母亲说出了其中的奥秘：那时的政治运动一场接着一场，家庭成分很高的人朝不保夕，早早地关上门，就把灾祸关到门外，这一天也就平安地过去了。

我有泪要涌出的感觉。父亲母亲，在那种政治气候下，我不知道他们是怎样惶惶不可终日度过几十年光阴。那时，没有人能宽慰他们，只有门能提供短暂的庇护。门里和门外是两个世界，凶险和危机在门外觊觎，伺机而动；门里则是片刻的苟且的平安。

开启一扇门，是如此的意义深远。饥寒中的乞丐，敲开一扇被热气挟裹着的门，他会得到什么？风雨打湿的故园，柴门背后，白发的娘亲倚门而望；离家的游子，千里寻觅，踏破铁鞋的，又是一扇什么样的理想之门？时间，这位伟大的雕刻家，正是通过对门里门外的风景的雕塑来试图诠释生命与生活的意义。

于是，有了种种关于门的借喻。打开一扇门，即进入了一个未知的情境。因此，一扇紧闭的门，会成为诱惑和召唤。由此，在尘世奔波的意义，也可以得到形象化的图解：从一扇打开的门出来，进入一扇关闭的门，出来，进去，打开，关闭，我不知道这是不是一种精神获得了物质格局的再现。

“门是隐秘、回避的象征，是心灵躲进极乐的静谧或悲伤的秘密搏斗的象征。”只要一个人坐在紧闭的门边，门就是悬念、象征、希望、失落，或者宣判。“生命并不像一斗烟丝那样持续很久，而命运却把我们像烟灰一样敲落。”开与合之间，这扇门还可以让人驻留多久？

麦芒之死

小林从故乡来，酒桌上，我跟小林说："让麦芒下次跟你一道来玩玩。"小林看了我半天说："你还不知道啊？"我说："知道什么呢？"他说："麦芒去年死了。"我大吃一惊，说："不可能！他去年上半年去大连打工还来我这里借的路费。"小林说："不错啊，是去年腊月死的，这种事我怎么可能跟你开玩笑。"

我所知道的麦芒，是我儿时的伙伴，家境贫穷，但自尊刚强。打个比方说，说好去年下半年还我钱，到时间他砸锅卖铁都会践诺的。可是，到了时间却没来，这与他性格不符，也让我隐隐不安，不是惦记那千把块钱，只觉得这事有些蹊跷。

烟圈一圈圈扩散，小林说着麦芒的事。去年春天，麦芒跟着工头曹强去大连做瓦工。麦芒的妻子和母亲都是"药罐子"，家里常年缺钱。到了年关，妻子病了，这时听说工头从甲方领回了工钱，麦芒准备提前把工钱支取了。这么一想，就出了大事。

麦芒到了曹强房间，曹强不在。麦芒在曹强房间等了七八分钟未果，就关门走人。等到曹强回来，发现被子底下的装钱的黑皮包里两万元工人工资被换成了卫生纸。这天上午只有麦芒一人去了他房间，于是，麦芒顺理成章地进了派出所。

几天后，麦芒才被曹强保了出来。被保出来的麦芒精神状态完全变了。见了人就想解释一番，估计那状态就像祥林嫂。民工们被减了工资，窝的火正没处撒，这当口，谁还听他辩白？话没说完，就被人恶狠狠地打断：“你跟我说有个屁用啊，我又不是警察。”

“后来就出事了。”小林沙哑着嗓子说。回家过年的时候，麦芒上了船，麦芒走到船舷边，很快就有人看见一个人落水了，像折翅的鸟儿一头栽到水里。当时，曹强和一群民工也在船甲板，他们说麦芒是不慎落入水中。

绝对不可能，每个船舷边都有护栏。这点常识连我都知道。我一捶桌子，一桌子碗碟悲愤地叮当作响。我说：“我可以相信任何人偷了曹强的钱，但麦芒不可能！绝对没有可能！”

事实已经证实了。小林说，麦芒确实没偷，而是曹强自己作案，目的是想少发工资。小林看着窗户，一只飞虫想从窗户飞出去，又当的一声撞在玻璃上而落地。小林接着说，今年春天曹强因贿赂案被抓，自己招供的。但他说他未必一定要害麦芒，那天上午谁撞上谁倒霉。而这些年的灾难，又恰恰一刻不停地访问着麦芒。

我问小林：“当时怎么就没人怀疑曹强而指定麦芒？”小林说：“你想啊，曹强多有钱，最不缺钱的就是曹强，而麦芒又恰恰是最穷最缺钱的。”我无语，走到窗前，怔怔地看着窗外。这世间，有些人并不清白，但一点财富撑着他，让他体面得像个人；有些本身清白的人，却需要用死来证实自己的清白。就像这落地的飞虫，只是心怀飞到窗外的小小愿望，竟要丧命于透明的障碍。

“至少麦芒家的人可以告曹强。”“告什么告啊？”小林说，“今年春天曹强就被‘活动’出来了，现在麦芒 15 岁的儿子又跟着曹强做瓦工了，曹强承诺可以多给点工资。”

男友刘德华

以下是我的学生给我讲的故事。

最初从师范毕业分配到现在的学校，我简直不相信自己的眼睛。眼前的所谓学校，是一座半山腰上的破庙。梦想和现实之间的距离实在是太大了。这是一个人的学校，一名老师带三个班级。而且这里的环境几乎与外界隔绝，收看不到电视，能看到的报纸还是上个月的。其他的困难都好克服，找对象成了很大的问题。一个人在这里待上几年，就把这儿真的变成了“和尚庙”或“尼姑庵”。但是这里的孩子像小大人一样懂事。

一次，孩子们到我房间玩，看见办公桌的玻璃板下面压着一张照片，挺帅的，就好奇地猜测：是老师的男朋友？老师交了男朋友？我走过去说，是刘德华。孩子们一哄而散，向操场上奔跑，欢呼雀跃。边跑边喊：“老师有了男朋友！男友名叫刘德华！”很快，全校的孩子都知道了。他们在操场上又蹦又跳，快乐的歌声回荡在山谷，响彻云霄，一直到我出来制止，才平息。其实，我心里知道他们懂事着呢！他们不知道刘德华是谁，却在为我终于找到了一个男朋友而感到由衷的高兴，以为这样他们热爱的老师就可以留下来。我没有点破，我要一直让他们为此高兴下去。

这儿的老师一批批来，一批批走，留不住人。这里的孩子所受的教育也是有上顿没下顿，饥荒得很。在一堂作文课上，我对学生们说，写作文就是写自己的心里话，写自己最想说的话。然后，布置了一个作文题目《心里话》。作文收上来，有位学生这样写道："说心里话，我这时真想撒尿，我都快憋不住了。但是，我想起老师平时经常对我们说的话，上课要用心听讲，心里不要有杂念，为了老师，我一定要把尿憋住！"我看着看着，就哭了。多可爱的孩子啊！

学生跟我讲这些时，眼睛还是湿湿的……

就在半年之前，我得到城里的实验小学要招聘教师的信息时，还为此挺矛盾的。一方面像她这样年轻的优秀教师，应该有一个更好的工作环境，年轻人谁不向往城里生活呢？另一方面，她的学生比谁都更需要她。

毕竟，这对她来说是一次绝好的机会。最后，我还是把这一信息告诉了她，让她自己做出选择。

过了招聘期，她还没有来。

后来，我收到她的一封来信。打开信，一幅像凡·高画的画首先映入了我眼帘：太阳升起来了，山上一棵树，树上所有的叶片齐刷刷地看着太阳。再细看叶片，一树的眼睛！我吓了一跳，所有的叶片都是瞪得溜圆的眼睛。来信解释说，当时，她确实想来应聘，甚至做出了决定。她的学生知道后，就画了这一幅画送给她，树是班长画的，每个学生都在树枝上画了属于自己的叶片。她说，她当不了什么太阳。但是，她要当那棵树，让学生挂在自己的枝头，吸收养分、阳光、空气。她才放心。

我不明白大山里的孩子，怎么能画出这样意味深长的画呢？

我疑心是她自己画的，以此来搪塞她昔日老师所谓的好意。

声音的温度

那年，一场变故悄悄潜入我家。先是母亲生病住院，体质本就羸弱的父亲，因焦虑过度，也随即病倒，父母双双住进了医院。

大阳从西边落山，恐惧却从我的心头升起，那年我才 13 岁。山村的夜色中，黑黢黢的远山像一幅剪纸阴森地贴在窗户的玻璃上，偌大的屋子里，只剩下我和妹妹。山中的狼群，一声接一声凄厉地哀嗥，常常将我和妹妹从梦中惊醒。

我们住在一所山村学校，叫喊声未必能让远处的人家听见，忽然，我想起了哨子——母亲上体育课时用的哨子。鼓起胸腔，拼命地让全部的气流吹出尽可能最大的声响。渐渐地，我听见了家门前由远及近嘈杂的脚步声、大声说话的声音。窗外交织着手电筒的光亮。我听见了乡亲们喊我的名字。开了门，一群人扛着锄头站在我家门前，他们都是周围我熟悉的乡亲。善良的黑脸，热切的目光，一群人由衷的关爱，驱散了我内心的恐惧。

“孩子，你睡吧！这一夜我们不走了。”一位大爷说。他们在墙根放下了锄头，坐着，蹲着，吸着旱烟，大声地拉呱儿……我渐渐地睡着了。直到天亮，他们才扛起锄头离开。

临近黄昏，乡亲们又来了，他们用锄头在石板上撞击出铿锵的声响，好像在告诉我：“孩子，别怕，有我们在！谁也伤不了你！”

从此，每天夜里，围绕这屋子的前后，会约定似的响起来来回回的脚步声、锄头的叮当声。

脚步声断断续续要响一整夜，他们边走路边大声说话。我知道这么黑的夜，他们不是要赶路或者侍弄庄稼，而是要用说话声给我驱赶恐惧，要用声音告诉我：“我们都在窗外！”

自此以后，我开始相信，声音也是有温度的，它能把一种至深的温暖传递给那些处在孤独和恐惧中的人。

一个人的疆界

我住在城东，因为办事去城西。走在那条街道上，恍如置身陌生的城市。小城不大，何以产生这般感受？一想，已近十年没有走过这条街了。这本来是我一双脚就可以抵达的地方，从需要考虑，或者屈从于习惯，我竟然将城西的地理空间排除在我的生活之外。

单位、家庭、书店、菜市场、邮电局，这是我整体生活之下的几个部分。好像我从不轻易越出这些空间的边缘。以一种画地为牢的方式自愿囚禁了自己。一个人的生活如果长时间固定在某个地方，他就获得了类似一个国家地理区域的疆界。从这个城市到另一个城市，感觉犹如出国访问，新鲜，自矜。在自己疆界里生活，安全、熟悉、自由、闲适；长久囿于一隅，又可能心生狭隘。

秋风凉了，生活退守内心。因此常常反抗般地走向郊外。越过一片土地和建筑物，视野变得辽阔。闻到了泥土的气息，看见了云朵在天空舒展。通常走一条路，于是有了猜想，这条路在何处和另一条路交会，它是不是通到没有尽头的天边？一条路的沿途经过哪些村庄、哪些人和哪些故事？这些总让人怅惘又入迷。

一只鸟盘旋着从头顶飞过，目光追随它的踪影走了很远。鸟用翅膀在天空划定疆界，恣肆纵横，那是没有边际的庞大帝国。云谲波诡的天庭，牛羊放牧在山坡，风驱赶着红马群浪迹天涯。而鸟，无所不至，吹着口哨远征。一个人往往会羡慕一只鸟。羡慕一只鸟抵达的无限疆界。《古诗源》里有一首《悲愁歌》，这歌是由一位愿意变成鸟的乌孙公主唱出来："吾家嫁我兮天一方，远托异国兮乌孙王。常思汉土兮心内伤，愿为黄鹄兮归故乡。"由不得憎恨和哀怨，命运犹如一颗政治弹弓射出的泥丸，固定在蛮荒的大漠。那一射，就再也找不到回家那条青草返青的路。

夜晚，头顶是亘古的星光。翻看手中的《时间简史》，理解这本书，需要非凡的想象能力。据说，世界上只有极少数的人能够读懂它。物理学家霍金，高度残障深陷轮椅的霍金，某个夜晚的某个时刻，一样的仰望星空，大脑中轰然一声，从这个天启般的声音开始，思维的触角抵达茫茫星海浩浩宇宙的所有细微部分。一个足不出户的人洞知了宇宙的奥秘，他对时间的理解，比爱因斯坦还要深邃。就是这个人，他不能用双脚划定疆界，可是心灵比宇宙还要辽阔。

一个人怀揣一本书去远方寻找一个传奇，这是很幼稚的想法。香榭丽舍大街与普罗斯旺小村，尼罗河与金字塔，可能都成为远足的理由。如果我对所有时间和空间的某种存在，真的那么真挚地眷恋，心灵也可以在瞬间抵达。爱与被爱，思想能够攫取的事物和开拓的疆界，今夜，让我的心灵如此豁达和丰富。我已接近中年，我想到了我的心灵应该对这个世界负有的责任。

我想给我母亲打个电话；想给远方久违的朋友写一封长长的信；想捐给那些失学的孩子一份小小的心意；想思考一个复杂又简单的问题。对于他们，可能觉得突然。而在我，是蓄谋已久。

拾一地鸟语

它的造访，纯属偶然。儿子吃饭犹如“种饭”，在小院里撒下饭粒一层。我罚他背诵了三遍“粒粒皆辛苦”的诗句。不想，这些珍珠般的饭粒，成了意外的美餐，让这只鸟儿垂涎。

当这只鸟忐忑地站在墙头时，样子有点忸怩，像手持请柬出席晚宴的女宾，有几分矜持，又有几分半推半就。梁实秋先生说，“世界上的生物，没有比鸟更俊俏的”。信然！它披着细花的头巾，鹅黄的内衣外，袭一件翠绿的外套，像刚过门回娘家的新媳妇，又像二人转中那位华丽的女主角。

不知道它抑扬顿挫地说着什么，样子很诚恳。啄食的动作却有几分可爱的笨拙，首尾两端，一起一落犹如跷跷板。红红的爪子，一刻也不曾忘记弹跳。散文家周涛先生《隔窗看雀》，有一处神来之笔：“不停地跳，仿佛一个冻脚的人在不停地跺脚。”它吃光了地上的饭粒，可能出自感恩，放开歌喉，歌儿唱得悠扬婉转，如珠玉落盘。

梁实秋先生在《鸟》一文中这样形容：“一声长叫，包括着六七个音阶。”到高妙处，它见好就收，戛然而止。而后，绕着小院的空地走几圈，像演员谢幕，在我的视线中划过蓝天。

后来它就成了小院的常客，常常在不经意间造访。对于我每次亲近的企图，它都用惊慌表示反感。我只好隔窗而视。不久，它带来了一个伙伴。想必是它的异性伴侣，那次它的声音有些娇羞，样子更加矜持。

有一阵子，它不再来了。而我在等待中竟有了一丝牵挂，是不是城市上空的铅云让它迷途？是不是误食了喷洒在谷物上过量的农药？在读书写作疲惫之时，我怀念那清新鸟语。

终于，在惊喜中，它翩翩地画过弧线站在了墙头。而且是三只，想必是一家三口啦！我不责怪它一段时间的冷落。卵翼雏子当然很忙。它扭过头，对雏儿说着什么，像是不倦的教诲，一副“望子成雀”的叮嘱和慈爱。三副歌喉一起流转出曼妙的音韵。幸福咯住了我的喉咙。

我想凑个热闹。我躲在窗后朗诵我的文字，可是，我在它们骄傲的叫声中自卑。不过，我像个狡黠的孩子，藏在窗后，看着它们表演。困于市嚣，呼鸡之声尚不可闻。我却能收获一地鸟语，不知是鸟的恩赐，还是生活的厚馈？

提着灯笼找自己

假期去另一座城市看望同学，本想扪虱而谈畅快一番，不想我这位初中老同学正处在郁闷之中。也是，这样的事搁谁身上，谁都会郁闷。

十几年前，他中专毕业分到一个单位，不想年复一年就固定在某个位置上，原因是学历太低无法重用。眼看跟他同时分来的同事一个个得到了提拔，他一怒之下发愤图强，读了单位委培的研究生。等他回到单位，连后来分来的同事都一个个晋升，他还在原地不动。学历是很高，领导解释说所学专业不对口，而获得晋升的同事中，许多近乎文盲压根儿就无专业可言。同学愤愤地说："我倒不是想要个什么一官半职，我就是想不通我这么努力为什么就得不到承认！"他请我找找原因。其实原因不用找，就在那里明摆着。

西方一位心理学家说，奶牛产牛奶不是为了让牛奶商获利，而是为了自我满足。而对人来说，寻找到心灵的位置比寻找到生活中的位置更重要。我告诉了他自己的一段经历。童年的夏夜，我父亲常常指着我手中的萤火虫跟我说："知道它为什么整夜不停地发光吗？它是在提着灯笼找自己呢！"

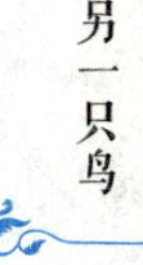

父亲说这话地时候仿佛是在自解自慰。月亮和星星那么高那么亮，萤火虫的光亮细微近乎于无，但是，它还是执着地寻找着自己。那时，在我印象中，我父亲英气勃勃，富有才华，胸怀抱负，且读了将近20年的长书，但是他当了一辈子的乡村教师，他怡然自得。曾有过激愤，有过苦恼，最终他还是归于平静。

生活着，需要面对生活给予你的种种不平。作家余华在他的小说《许三观卖血记》里，有一处形象地暗喻描述这种不公平：当人在母腹中还是个胚胎，最初就长了眉毛，眉毛比腋毛长得早，但是眉毛始终没有腋毛长。不公平仿佛与生俱来根深蒂固，确立生活态度的意义，也正在于如何对待种种不平。晚清名士杨度“当时成败已沧桑”的感慨值得玩味，岁月渐去，成与败如风轻扬，终将从生活中淡出。

发一分光，发自己的光。不和星星月亮攀比，用自己的光亮照亮自己的心。找到心灵安放的位置，做一个精神不倦、心里亮堂的人。辨别眼前的方向，做好手边的事情。在无数个夏夜仰望苍穹，意识可以化作一只不倦的萤火虫，提着灯笼寻找自己。

找到了，心就坦然了。

羡慕另一只鸟

一只鸟模仿另一只鸟的样子，站在鳄鱼锋利的牙齿上跳跃、舞蹈。鳄鱼没有片刻的犹豫，上下牙轻微一合，这只鸟就成了鳄鱼送上门的美餐。这只鸟至死也不明白，为什么另一只鸟，可以在鳄鱼嘴里钻进钻出？同样为鸟，差距怎么就这么大呢？

另一只鸟，名叫鳄鸟。死去的鸟儿有所不知，鳄鸟是鳄鱼的"牙签"。鳄鱼是水域中凶猛的动物，然而它与鳄鸟却是一对好朋友。牙齿是鳄鱼的冷兵器，而鳄鸟给予鳄鱼的承诺正好在于"我们的目标是没有蛀牙"。鳄鱼一顿饱餐之后，便躺在水畔闭目养神。鳄鸟见状，就成群飞来，啄食鳄鱼口腔内的肉屑残渣。犹如进入下水道的水管工，在散发着异味的环境里，幽暗地鼓捣。鳄鸟帮鳄鱼清洁了口腔，鳄鸟自己则获得了鳄鱼牙缝中的肉丝。

双赢的交易，在隐蔽中进行。死去的鸟，没有意识到如果不做鳄鱼的"牙签"，就应该离鳄鱼锋利的牙齿远点；"火山"是不可以用来做"靠山"的。羡慕鳄鸟能够在锋利的齿尖跳上跳下，羡慕的只能是表象，表象之下的生存之道才是真正的"冰封的火焰"。

人与人之间，也常常陷入"一只鸟羡慕另一只鸟"的状况。羡慕另一个人的权势，不知道这权势的背后，牺牲了多少做人的尊严，放弃了多少健康的生活。因为人们看到的是，权势的主人站在鳄鱼的牙齿上像煞有介事的模样，而不知道他在背后到底为鳄鱼做了些什么；羡慕另一个人的财富，无从了解财富主人的“第一桶金”是否带着“原罪”，是否背叛了友情、放弃了爱情、疏离了亲情。

有位爱车的朋友，开“夏利”的时候，羡慕“桑塔纳”，后来开上了“本田”羡慕“宝马”。现在，他却不再羡慕。他说，就算他努力一生开上了“奔驰”，还有“劳斯莱斯”等着他去羡慕，而“劳斯莱斯”又未必就是尽头……

不去羡慕另一只鸟的最好方式，是让另一只鸟羡慕自己。虽不能挟鳄鱼的威猛以自重，但可以拥有一分自由和自在；虽不能觅得鳄鱼牙缝中的几根肉丝，却获得了天空的宽广与蔚蓝。

幸福是一只被咬伤的苹果

大学时代我喜欢写诗。在一次诗歌大赛中获了一等奖，抱着鲜红的证书，我傻呵呵地乐得合不拢嘴。那种幸福的记忆至今难忘。可是幸福感没有维持多久，就被一个叫“沮丧”的大棒敲出了清醒：全班十个人参赛十个人都获了一等奖，倘若这其中有一个二等奖幸福感尚可维持，但一个没有。后来被主办单位要求寄去100元的出书费，才知道美好的诗歌被一个叫“金钱”的俗物实实在在地耍了一把。

从而得出一个印象，幸福感是个脆弱的东西，前一分钟，眼光盯在事物的表面，心情在峰顶；后一分钟了解了真相，情绪已降到谷底。

就业买房，娶妻生子，借债还钱，家有余粮。瓢盆叮当响，油然而生幸福感。油香中做菜，灯光下写诗，黄昏中吹箫自娱，这时的幸福感挡都挡不住。但不久又发现，安逸生活绝大部分来源于妻子对家庭的贡献，这人实在太能干了。就是在我做好的汤里，她也要加稍许调料：“若不是我加点盐，这汤哪有这般好味道？”对我做好的任何事都要来个无须纠正的纠正，无形中否定了我的生活能力，透露出的是一个信息：你必须饮水思源，她才是最大的幸福“批发商”，目前的幸福，正是她从生活中批发而来零售给你的。

勤奋工作多年，终于一次在年终评比中得了个“优”，对我来说，这就是事业有成的肯定嘛。人说“三十而立”，我也“立”起来了。这“优”怎么来的？后来领导告诉我，我工作多年，没功劳也有“苦劳”，一个人的一生总要轮上一次。如果不是领导的关心和厚爱，一个“优”字成了天上的月亮，想得到它，除非我是那只可以把月亮吞下去的天狗。

经历了很多“幻象的不幸”，一个清醒而且喜欢追根究底的人，幸福感所剩无几。哲学家安德烈·莫洛亚说：构成幸福，既非事故与娱乐，亦非赏心悦目的奇观，而是把心中自有的美感传达给外界事物的一种精神状态。可见，存在于心灵的美感相当重要。但是，幸福跟外界事物也应该有相当大的关系，我比较认同罗素的说法，幸福，显然一部分靠外界环境，一部分靠一个人自己。如果一个人的幸福和他自己的努力无关，显然，他所拥有的一切终究会让他感到索然寡味。

形象地说来，如果生活给我一只叫“幸福”的苹果，我不希望它是从别人的手中接过来的，更不希望它被咬伤，留下别人的牙印。倘若如此，我宁愿辛辛苦苦去种一棵树，哪怕它结出来的果实既瘦小又苦涩。

4

第四辑

非常忆，非常美

眼神

眼神可能比明晰的语言和思想更为复杂。它往往涵盖了意识，和欲辩已忘言的潜意识。我曾看过聋哑人与聋哑人之间的谈话。他们几乎能用眼神进行交流，极少辅以手势。难以言传的交流中，眼神替代了语言。

京剧中，有数不清的脸谱，每张脸谱都很生动，却无法媲美梅兰芳大师的两池春水，那善睐的明眸让人遐思，男人原来也可以风情万种；有一种悲哀和愤怒是最深刻的，凝聚在鲁迅先生的那一道横眉，可是横眉之下的深邃怒目让横眉也苍白；而绽开在海角天涯，那令人心碎的美的一瞬，是被追逐的鹿回望猎手弓箭的哀怨一瞥。鹿回头，鹿的眼神犹如一声叹息，美，制止了杀戮；断桥相会的浪漫，剪烛西窗的誓言，莫不是水眼含露、惊鸿一瞥、一见倾心，天上人间，来世今生，要说情人间有一种约定，那应该是望断春心之后，眼神的轻轻一碰。

而世俗中的眼神，却缭绕着人间的烟火，描绘出人生的种种心境，敷衍出滚滚红尘的不同面具。可以不置一词，褒贬又尽在其中。

但凡喜时，喜上眉梢；但凡怒时，豹眼环睁；但凡哀时，声

泪俱下；但凡乐时，眉飞色舞。眼神具有极强的表现力。弱者的怯懦、强者的张扬、百姓的善良、官人的专横、穷人的无助、歹徒的凶顽等情态，何须言表，世相种种，均可在眼神中一一阅读。同事之间，友好、信赖、激励、欣赏的眼神，给人的感觉如沐春风。相反，三五成群，低低耳语，互相交换着诡秘的眼神，谎言的风暴已在酝酿，随之，另外一个人，可能会遭到空穴来风的袭击。这世间，眼神有温暖的，也有彻骨之寒的。

我国古代之察人术，察人之要津全在于看人的眼睛，君子的眼神如朗星明月澄澈坦荡，小人的眼神如茔头磷火游移闪烁。一个人的眼神往往在向世人表明他的处世态度和原则。是忠诚正直，还是奸诈邪恶，去看看他的眼神，他便穷形尽相了。

无独有偶，国外有位饱经世故的哲学家，是天生的小儿麻痹症患者，不过一只坏腿正好成了他了解别人的气压计或晴雨表。陌生人初次和他见面，如果把不怀好意的眼神停留在他的坏腿的时间比停留在好腿的时间长些，他就有所疑忌；如果此人只把幸灾乐祸的眼神停留在他的坏腿上，而不去注意那条好腿，哲学家便决定不再和他进一步交往。语言总有可疑的一面，哲学家从眼神中找到了两条通往人性幽深处最隐秘的通道。

有时，眼神比哲学还深奥。

一棵树三堂课

儿时家门前有棵桃树，我最初对事物的认识是从那里开始的。

桃树每年开花结果，诱惑就悬挂在我头顶，很长一段时间，我垂涎三尺地抬头望。可是一直不敢爬上去。我家的门前住着一个双脚残疾的人，我父亲就拿他来恐吓我，说他就是儿时爬桃树摔的。直到某一天，一种突如其来的力量结束了我在树下观望的窘况，我爬了上去。作为回报，我尝到了自己亲手摘到的桃子。而且，此后没有一次空手而返。

这时，我才明白，在成功之前，失败是事物的全部可能，而在成功之后，失败已没有可能。桃树并不难上，难的是对未知的恐惧、心理权衡时产生的矛盾和别人施加的影响。

在桃子成就的季节，父亲让我看管桃树，这是我的口福和我们全家的部分口粮。看桃的日子，总让我无端地心惊肉跳，天空中向这边飞来一只鸟，路边行人的脚步声，夜晚毫无先兆的一场暴风雨，只要有点儿蛛丝马迹，我的心都会为桃树牵挂，为此常常从梦中惊醒。当有一日，桃树只剩下空空的枝头，我的心充盈而且踏实，不但是我，一家人都感觉轻松又坦荡，夜晚睡觉，一家四口的鼾声，像交响乐中四个声部的重奏。

财富是诱人的，你我家门前那一棵桃树的果实。只要它还挂在枝上，只要它不定期对他人存在着诱惑，总会让看管它的人担惊受怕。而简单质朴的生活，让人感到轻松踏实。

我曾经尝过那种毛茸茸的青果。那是一种青涩的滋味，父亲说，等它们长成了，就跟蜜一样甜。于是，我只好等待。等着青色一点点褪去，慢慢变成深红。但是，不经意的某一天，忽然间一夜醒来，一树的桃子不翼而飞。成熟的果实已被父亲偷偷摘下，连夜挑到镇上，换回了口粮。我对着桃树哭喊，但已经无济于事了。

未成熟的果子是青涩的，可是在等待之中，煮熟的鸭子往往也会飞。在生活中，需要恰当地把握时机；否则，可能人生一头是青涩，另一头是空虚。

风雪夜归

“这只老鼠太可恨了，”母亲恨恨地说，“也不知怎么的，最近闹出忒大的动静。它推倒了油瓶，咬破了米桶，甚至试图掀翻锅盖。”

我去母亲所在的城市看母亲，正赶上入冬后的第一场雪。母亲命我去买老鼠夹，她要亲手将这只鼠给灭了。给老鼠夹小心地挂好猪油，母亲说：“今晚就看好戏吧！”睡到深夜，听得咔嚓一声脆响。

第二天，我和母亲都起了个早。上厨房一看，老鼠没死，鼠夹只是夹住了尾巴，这只大而消瘦的老鼠拖着鼠夹，像爱斯基摩人的狗拉着雪橇，叮叮当当在厨房兜圈子。我提出处死这只老鼠的各种方案。母亲听了直皱眉头，她认真地观察着老鼠，走过去。竟把它放了。我不知道这是为什么，但母亲决定的事总有她的道理，刚愎加上老年人的执拗，也容不得下辈置喙。我只好讪讪地说，这以后您又得遭殃了。

前不久，母亲的老同事来我这里。见面的第一句话就是：“哎呀！你母亲真是个儿女心特重的人啊，没见过她那样。”他说起了一件事：“20 世纪 70 年代，一次全县教师集中学习，散会的那天

天下着大雪。因为会议延时，散会时已没有了班车，我们五个人说好了在旅社里歇一夜再走。可是你母亲突然想起来了，她说她跟儿女们说了当天回家，她说：‘我的儿女在等着我呢，就是天上下刀子也要回去。’说完就顶着风雪拔腿往回走。”

我记起来了。那天我们确实等待了一个下午，夜晚又爬到一个山岗朝着母亲的来路张望。风雪几乎要将我们扑倒，姐弟四人只好拽住一棵树，就那样缩在树下等。见到母亲已经是夜里十一点多了。在失望中突然欣喜若狂，至今那种感觉我仍然能清晰地忆起。母亲为了在我们的等待中回家，走了整整 80 里的风雪夜路。还记得当时我大姐说了一句：“好了，妈妈回来了，天塌下来都不怕了。”

似乎找到了答案。我打电话给母亲，提起了她老同事提及的事，并且问到了老鼠。果然，母亲说，她头一天倒垃圾，在垃圾堆看见了一窝五只刚刚睁开眼的小老鼠，可怜又可爱，那天夜里她又似乎听到了小老鼠的叫声，第二天早晨她看到夹住的那只就是一只母鼠。放下电话前，母亲说了一句：“可怜在风雪的夜里，小东西也像人一样等着它们母亲回家啊，毕竟也是生灵！”

不知道 20 世纪 70 年代那场风雪夜归的图景，是不是一直印在母亲的心里。在儿女的等待中回家，这是被天下母亲们看得比天塌下来还大的事。也许就是母亲怜悯并放归那只母鼠的理由。爱，终会在生灵之间找到支点，并将超越一切功利。

做蛋与做人

去表哥的养鸡场，看表哥养鸡。

鸡比人精神，满面红光，圆睁的双目，连眨都不眨一下，时刻保持着高度警惕。表哥给鸡撒饲料，见我兴致蛮高的，招呼我来试试。

我在撒饲料时，有了发现。饲料被染得红红的，拌上了一种红色的颜料。干吗？给鸡美容？

表哥笑着摇头否认，说这样可以让蛋黄的颜色变成红色，营养成分不变，但红色的蛋黄招人喜欢，这种鸡蛋到市场好卖，且能卖个好价钱。

可叹，鸡如此警惕，最终还是被人上下其手，在蛋上做了手脚。做鸡本来就悲哀，被囚在圈中，供人宰杀。奉献肉体前，还在不断地奉献鸡蛋。现在连痛痛快快地下个蛋的自由都被剥夺。蛋黄的颜色，竟由人来主宰。人类对禽类的事务未免也插手太多。

作为一只被鸡下的蛋，它应该有属于自己的形状和颜色，自然地拥有先天的禀赋，这是造物主赋予的权利，也是自然天性的组成部分。连蛋黄的颜色都由不得自己，这蛋还叫什么蛋？脆弱的蛋、孤立的蛋，还不能抗争。不然，其结果不外有二：其一，鸡飞蛋打；其二，以卵击石。

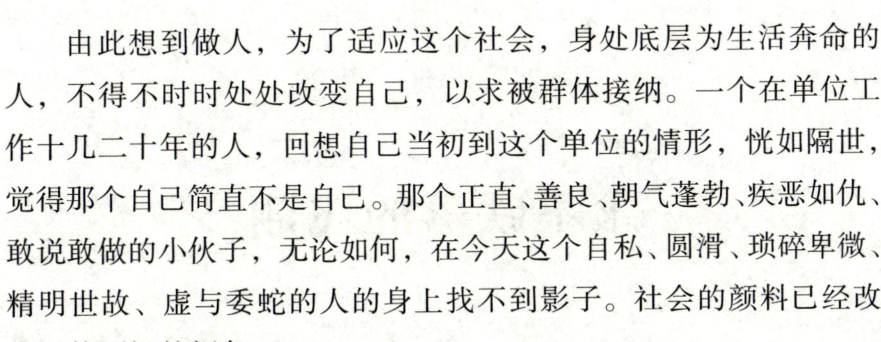

由此想到做人，为了适应这个社会，身处底层为生活奔命的人，不得不时时处处改变自己，以求被群体接纳。一个在单位工作十几二十年的人，回想自己当初到这个单位的情形，恍如隔世，觉得那个自己简直不是自己。那个正直、善良、朝气蓬勃、疾恶如仇、敢说敢做的小伙子，无论如何，在今天这个自私、圆滑、琐碎卑微、精明世故、虚与委蛇的人的身上找不到影子。社会的颜料已经改变了他原初的颜色。

思维是人的核心，相当于鸡蛋的蛋黄。《一封致加西亚的信》曾在社会受到普遍欢迎。其实，这本书的目的就是要由内而外彻底改变一个人，从心灵开始改变颜色，进而把人异化为只会执行命令的机器。“洗脑”“改变人的思维”这些词，被社会堂而皇之地推崇，为追逐“效益”和“利润”，那些处于底层的、被管理的人们，何曾能坚守自己的个性、把握自己的命运？

当一切都纳入技术的视野，海德格尔曾担忧，技术时代，人如何做人？因为世界的核心首先改变了颜色。当人们在莱茵河上建造发电站时，海德格尔忧心忡忡，因为如此一来，莱茵河就成了发电站的一个部分。莱茵河的自然意义被部分消解。在现代技术的演进和社会的嬗变过程中，人的个性差别与原本意义也将日渐式微、步步消解。

对此，周国平先生评论道，人和自然两方面都丧失了自身的本质，如同里尔克在一封信中所说的，事物成了“虚假的事物”，人的生活只剩下了“生活的假象”。一个人，如何能做到不改初衷？在诱惑中、在碰壁时、在趋利思维里，在精明的盘算中，原初的颜色不知不觉，已一点点更改。

拥有一颗原生态的心殊为不易。因为从某种意义上说，人就像那只脆弱的、孤立的蛋。但如果想追寻做人的完整意义，就必须保有一颗原生态的心。捍卫我们的“蛋黄”的原色，须时时拒绝世俗的社会用功利的颜料，实用主义地涂鸦。

永不跌落的飞翔

广场的上空，各种各样的风筝飘来荡去，地上的孩子们大呼小叫，春天的气息被渲染得令人昏昏欲醉。

走到一个卖风筝的流动摊位前。摊主是一名妇女，她殷勤地拿出各式风筝，让我们挑选，儿子挑中一个“猪八戒背媳妇”，很是滑稽。

摊边站着一个和我儿子年龄相仿的男孩，眼巴巴地看着天空发呆。我跟她的母亲说，也拿一只风筝给你儿子放一放。话音未落，男孩突然转过脸，充满希望地望着母亲。而他母亲摇了摇头，她说她是下岗职工，一天卖风筝只能赚二三十元钱，一只十几元的风筝怎么能白白地给他糟蹋呢？

我儿子兴奋地拿着风筝的线轱辘奔跑，风筝时而上升，时而降落，最后跌落在一棵树上，风筝线缠绕着树枝。任凭怎么拉拽，风筝只是随着树枝摇晃。

正当我们无计可施的时候，对面的男孩走过来，走到我身边，胆怯地问：“叔叔，如果我把它取下来，你能否给我一元钱？”他眼巴巴地看着我，生怕我拒绝他。我有些踌躇，最后还是说：“我给你两元钱，不过你得特别小心才行。”

男孩挽了挽裤腿，抱住树干，蹭了几下腿，就上到了树顶。我害怕他从树上掉下来，在树下做出随时接住他的姿势。男孩满不在乎地冲我笑了笑。很快，他就取下了被树枝缠绕的风筝。

陪着儿子跑了一会儿，累了，我坐在广场边休息。放风筝的人越来越多，不断地有风筝缠在树梢。男孩一次一次跑过去，爬上树，替人取下风筝，然后接过一元钱。当他后来几次从我身边跑过的时候，裤袋里的硬币在叮当作响。

后来，他站在广场的边缘，从裤袋中掏出硬币，低着头一枚一枚地数着。然后犹豫地站了一会儿，才朝他母亲走去。他站在他母亲的摊前，和母亲说话，好像交涉了很长一段时间。终于开始向母亲的掌心点数硬币。最后，从他母亲手里接过一只"美猴王"的风筝。

他拿着从母亲手中买来的风筝，像我儿子一样兴奋地奔跑，不过奔跑的速度更快，裸露的脚踝上留有上树留下的划痕。他放风筝的技巧很娴熟，越飞越高，永不跌落。

临近中午，放风筝的人们纷纷回家。我和儿子算是最后走。因为我愿意看着这个男孩奔跑，奔跑的姿势和他买风筝的想法一样执着。一个上午，他十几次爬上高高的树，对他来说，如果困难像树一样高，他就要爬到树顶。一颗永不言败的孩子的心，只要有一阵风，它就会追随一阵风，高高轻扬。

快到家了，回头去看广场上空。一只"美猴王"的风筝还在飞翔，孤独却不跌落，像一个孩子的心。高，还会更高，越飞越高，因为它是人生第一次不言放弃的起飞。

月光下的蛙鸣

十几年前的一个寻常夏天，我枕戈待旦地准备参加这一年的高考。

在那样一个年代，高考直接决定着一个青年一生的命运。而我的情况更特殊，13岁时失去了父亲，是母亲含辛茹苦地把我带大。苦难中的母亲，眼巴巴地盼着我能高考得中。我也想，如果能在这一年如愿以偿，正是对母亲最好的报答，能减轻母亲经济上和精神上的压力。

但竞争是残酷的，同学们悬梁刺股、焚膏继晷地苦战，在学习成绩上你追我赶。高考一个月前的预考中，我意外地遭到惨败。我很清楚，巨大的精神压力起了很大的负面作用。

母亲见我面容憔悴，很心疼。我家离校不远，她就跟老师说情，说寝室里吵闹，让我回家住宿，好早晚料理我的生活，给我增加营养。

那段时间里，她杀光了家中三十几只鸡崽，想尽一切办法，想让我恢复以前的体质。

然而，母亲的一切努力收效甚微，我还是日复一日地消瘦下去。我房间的后窗正对着屋后的一方池塘，时值燥热的6月的夜

晚，一池塘的青蛙，唧唧呱呱，呼朋引伴，发音格外响亮悠远。一池的蛙声就这样紧紧缠住我一双不幸的耳朵，此起彼伏地一次又一次将我惊醒。

母亲去了一趟学校。回来后，高兴地告诉我，即使考不上，班主任已答应让我复读一年。第二年，老师说，他保证我能考上。

渐渐地，蛙声不再吵闹了。每夜都有香甜的梦。但是，母亲却变了，日日坐在椅子上打盹儿。一天，隔壁的大妈偷偷地拉住我，悄悄跟我说，你母亲为了让你睡好觉，夜夜替你赶青蛙呢。

我将信将疑。但是，第二天夜里，月光下塘埂上，我真的看见了我的母亲。

母亲手拿一根长长的竹竿。她用竹竿轻轻地敲打池塘边的每一处草丛，做得认真又虔诚。她绕着池塘一圈圈小心地走着，一遍遍用竹竿仔细地敲打着每一处草丛。有时她停下来，站一会儿，轻轻地咳嗽几声，用手捶捶背。月光把她的白发漂得很白。“母亲！母亲！！”我大声喊。母亲听不见。她全神贯注于手中的竹竿，生怕遗漏一处蛙声……

一直到现在，我仍然坚信，有一种爱，能唤起一个人内心潜在的力量，帮助你去战胜一切困难。这一年高考，我被高分录取了。很多年已经过去，蛙声也一点点远逝。可是，我又觉得它时时都在我的枕边。一声声，像不倦的提醒和教诲，给我许多的人生激励。

睁开夜的眼睛

雨夜的玻璃后面，我坐在咖啡厅里，落地的窗户正对着五光十色的街景。独坐，让我想起了作家史铁生的一句话："睁开白天的眼睛，看很多人很多事都可憎恶；睁开夜的眼睛，其实人人都在苦弱中挣扎，惟当互爱。"

我睁开夜的眼睛。一对情侣朝着这边走来。咖啡厅前一片漆黑，这儿的一盏路灯一直是灭的，一棵树的浓荫是很好的掩护，而树下的一名乞丐却是障碍，男青年拾起乞丐的破碗，扔出了很远，乞丐追随破碗而去，两个人于是做着亲昵的动作。乞丐在细雨中逡巡，不敢靠近。

爱，可以博大，也可能狭隘，当一种爱去践踏另一种爱时，这种爱，因为自私已不再美好，而是变得苍白和猥琐。

一辆摩托车和自行车相撞，骑摩托车的高大强壮，骑自行车的矮小瘦弱。两个人下了车，面对面站着，好像在理论，接着挥舞起手臂。最后，大个子的摩托车手一掌击翻了骑自行车的小个子，摩托车吼叫着，放出浓重的尾气扬长而去。小个子从地上爬起来，一瘸一拐地推着自行车走了。

恃强凌弱是动物法则，当它移植到人与人的对抗过程时，它

让一些人变得那样面目可憎。人们常常把“体谅”和“宽容”挂在口头，却不知道硝烟稍起，愤怒的心首先就把它们遗忘。

对面店铺前的窨井盖已经被盗很久了。突然，一位老人掉了下去，上半个身子还露在外面。来来往往的人，先是大吃一惊，继而装着没看见，走开了。老人被人救起来，行人才纷纷围了上来，连那些刚才看见了、已经走远的人们，都回过头。一群群人围上去，像线圈越绕越大。

都市的人们，好奇心总是大于同情心。想着赶路，想着避免麻烦，忽略了身边本可以为自己累积的小小的善。我们习惯于为自己一点芝麻大的委屈愤愤不平，何曾想到身边的苦难是怎样的水深火热。

路灯灭了，时间已转过身去。新的一天又将重新开始。我知道这个雨夜的故事，明天还会继续上演。只是玻璃背后会换上另外一双眼睛，故事的主角也会换上另外一群人，一切都将变化，又好像静止不动。

有人说，现代人的生活，是跑步机上的奔跑。有方向，却没有目标；一往无前，也一往无后；永远运动，也永远静止。我只能相信。

非常忆，非常美

翻看毛尖的一本电影笔记《非常美，非常罪》，一本小书，构筑了一部发狂的电影浪漫史。与电影有关的青春记忆，重又从我的心头泛起。

那时，我所在的大学食堂，被用做每个周末的影院。在留有饭菜余香和残留物的礼堂，端个马扎坐下，静候一些老片在银幕拉起“锯条”，男同学抽根香烟，女同学吃一小把瓜子，这就是我们当初理解的美好生活。

无数次，在我自己给自己放的电影中，影友始终有二人。马扎左边是孙燕青，这人高高瘦瘦，现在广东某高校当教授。对于电影，他和我有着一致的理解，即电影对生活有着超强的概括力，一个小时，能够看到一个人从光屁股出生到白发苍苍在夕阳中行走。他喜爱经典，迷恋费雯丽、嘉宝和格列高利·派克。生活中，和谁都可以做朋友，对待导演和演员却不够宽容。一场电影下来，要花费不少唾沫，用来批评导演、演员的不足。所以，电影散场，第一个冲到寝室喝水的人必然是他。

印象最深的一次，是看《妈妈再爱我一次》。身边的女生已经以泪洗面，他还沉浸在批评的快感中。结果引发众怒，一双双泪眼向他射出仇恨的怒火。连我这位铁杆影友，这次都觉得他不够善良，别人手帕湿透了几条，你却把风凉话说得嘴巴发干。

十几年后，我常常想到那电影、那件事、那个人。那是80年代中期，他就指出了“煽情”，而这种认识我今天才有，何况，当时这部电影公映的盛况超过了《英雄》和《黄金甲》。看电影如看社会，宽容的人，容易达成和解；爱怀疑和不宽容的人，总先一步抵达真理。

坐在我右边的是何学斌。与孙燕青相反，他把笑声献给了每一部很臭的影片。他用笑声鼓舞自己，肯定电影，给予无数蹩脚导演和演员常人不能理解的理解。中国的导演，从中会得到意外，有这么好的观众，谁对自己的电影都应该有信心。他非常配合，只要有一个搞笑的动作，他都要笑出眼泪。我总是善意地提醒他，要托住下巴。发展到最后，只要银幕上有点意图，他立即准备好最热烈的笑声，随时引爆，仿佛承担了一种使命。连我这样善良的人都为他的善良感到不平，我不能不问他。他挠着头皮想了半天，说：“看都看了，你又不能把它吐出来。”

在他的身上，我看到了拯救中国电影的希望。中国的观众，如果对中国导演没有足够的信心，不妨学学“何学斌精神”——借电影之名，自己娱乐自己。

电影是爱情的加速器。很快，我们三人同盟，就被另外两位爱看电影的女生解体。他们各自一人拎两只马扎，站在礼堂前暗弱的灯光下等候，像霓虹灯下的哨兵，显然等的不是我。其实，像我这样的帅哥，这种机会也随时会有。只是我的内心藏着一个巨大的秘密。我一个人在入场的门口徘徊，回想那时的情景，有点快乐，也有点孤单。忽而甜蜜，忽而忧伤。

我暗恋上了一位明星。这是一件相当危险的事。好在那位明星后来救了我——她不断闹出绯闻，而且道德败坏。这让我逐渐清醒，且意识到银幕上的美丽，是和演员自己毫不相干的另一种状态和过程。电影上有风情万种的人生，千姿百态的电影总比人生美好。千帆过尽，依然回想，我还想说非常忆！非常美！

带你到那山看月亮

十年前的这个春天，我去一所乡村小学实习。

班里的一个小女孩引起了我的注意。小姑娘是个盲人，眼睛看不见，心里却比谁都明亮。她很聪明，书上的生字，只要手把手教她写一遍，她就能把它写得跟她的小脸蛋儿一样漂亮；数学上的应用题，只要老师读一遍，她总是在班级第一个列出公式。下课时，别的孩子在操场又蹦又跳，她一个人坐在教室的一角沉思默想，少有地听话、懂事。

有时，我很惋惜地摸摸她的头："可惜你看不见，你若是能看见……"一次，她悄悄地对我说："老师，其实我能看见，爸爸临终前跟我说，我们村的前面有一座很大的山，翻到山的背面，我就能看见月亮。"我听了心里一酸。她继续说："我最大的愿望就是去那山看月亮，就看一眼！可惜我爸爸死得早，不然他会带我去。"我跟她说："放心吧！老师也会带你去，老师一定要带你去看最大最圆的月亮。"她不放心地补充一句："不过那山很远很远哦！"

小女孩跟她给学校敲钟打杂的大伯住校。从此，她夜夜走进我的房间，我明白她心里的意思。她并不直说，而是委婉地给我提示，一遍遍向我描述月亮的样子："大大的，圆圆的，像个银盘，

都说那是嫦娥仙子的脸，好美哟！”

有时，我不说话，她就静静地坐在我的旁边，她在期待着我说出她想说的话；有时，我把话岔开，她像意识到什么似的，愧疚地责备自己：“你看老师多忙呀！又要写文章，又要看书，又要备课，又要批改作业，他哪有时间哪！你就这么不懂事，还要缠着老师带你去看月亮。”可这时她却看不见老师的脸上正爬着热热的两行眼泪。

我告诉她，在老师离开这所学校的前一天晚上，带她到那山去看月亮，看那轮又大又圆的月亮。小女孩高兴得又蹦又跳，从此她不再来我的房间，而是坐在教室里唱歌，歌声像夜莺的叫声，优美地回荡在乡村的夜空中。

离校前的那天晚上，我没有兑现自己的承诺。而是悄悄地收拾行李，趁着月色走了。那晚的月亮最大最圆，却不属于那双最渴望它的眼。我的心里少有的难过，我在想着小女孩这一夜是在怎样地等待，第二天又是怎样的失望。可是，她可以失去对一位老师的信任，却不能失去心中那轮又大又圆的月亮啊！

何况，村子前面的那座大山根本就不存在。

小愉悦

几天前，一位朋友跟我发感慨：“有些人的心真细啊！”

有件事，很小很小，可是却给了他小小的愉悦。事情是这样，不久前，他买了新车，视若珍宝，放在小区怕划了，行在路上怕擦了。可是，偏偏这时有人来借，而借车的人又是他的好朋友，偏偏对方在生活中又是个粗枝大叶的人，开车也是个新手。爱车此去，恐怕要掉一层皮。想到此，他心疼且无奈。因为友情，他二话没说，就让朋友把车开走了。为此，他担心了一夜。

车子还回来的时候，一看车。他的心头涌动起一阵阵“小愉悦”，车子毫发无损，刚刚还被洗过，光亮可鉴。进车看看仪表，油被加得满满的。本来，他是准备承受爱车上多几道伤口，或者新添某个故障的。而眼前之景，给了他心头油然而生的小愉悦。他感到释然：借出去的是担心，还回来的是愉悦！他们把彼此的手握得生疼，相互感激了半天。最终不知道谁应该感谢谁。

这件事让我想起另一件事。

很小的时候，我家住在一个山村学校。记得校园的外围有块空地，每年的春天，父亲总要带我们去把这块空地翻一翻，种上瓜豆。父亲认为体力劳动对人很重要，他想让孩子直观地懂得种

瓜得瓜，种豆得豆的小道理。

可是，那时我们家没有锄头，得向周围的邻居借。

劳作完毕，夕阳西下的时候，父亲弓下身子，拾起地上的瓦砾，将锄头上的黏土一点点地刮去。还有一个细节给我印象很深，他用一块棉絮，沾上几滴家中食用的菜籽油，将锄头的正反两面反复地擦，擦得油亮。

我们好奇，且不解。父亲说，锄头是农民一生劳作的工具，没有农民不爱锄头的，他好意借给你，你善待他的锄头，是无声地告诉他，你领了他的一份情。随随便便还回去，他们也不会怪你，但这样还回去，他们见了肯定有一瞬间的“小愉悦”。

人生难求“大惊喜”。若能体会他人的心，会在“借”与“还”之间，给生活平添无数次的“小愉悦”，这有多好啊！

离开水的鱼

姨妈五年前随女儿移民澳大利亚卡卡都（Kakadu），这里风景优美，气候宜人，驱车一百公里就是卡卡都国家公园。白天可以欣赏河流中鳄鱼的游弋，黄昏看得见袋鼠在夕阳中跳跃。表姐夫是一家跨国制药公司的首席科学家，周末他会忙里偷闲，开着车子，带一家人去看著名的詹詹瀑布（Jim Jim）和双子瀑布（Twins Falls）。说到孝顺，表姐和表姐夫都恨不能把二十四孝图挂在墙上悉心揣摩。

半年前，姨妈突然打电话来，让我把她原来在小镇上居住的两间小屋收拾好，说要回来住。我纳闷了，我说："姨妈，那么好的风景，你怎么就不能享享福呢？"姨妈说出了这一生最深刻的一句话："好比一条鱼跳到岸上，岸上的风景再好，它也不是鱼的。"表姐夫后来说，姨妈有段时间爱站在河边，一站就是半天。想必我姨妈站在河边悟到了什么。

姨妈无疑是把自己看成了一条鱼，生活了60年的家乡小镇是她的"水"。有资料说，人最原始的祖先是鱼，到现在，人在精神实质上仍离鱼不远。他需要生存在如水的环境里。对有些人来说，过去的空间是他的"水"；而对另一些人来说，过去的时间是他的

"水"。

黄昏中，公园的长椅上，常常看到某位老人独对夕阳，喃喃自语。我想，他一定在与过去的时间对话，唇齿的一张一合，犹鱼之蹀躞。此时，他一定是回到了熟悉的水中，回到了过去的时光里。

而这种"水"，还可能是非时空因素而表现为习惯。电影《肖申克的救赎》中，那位叫布鲁斯的老人，胆小而怯懦，服刑期满，就在出狱前夕上吊自杀。长时间生活在监狱，窒息自由的监狱体制竟成了他的"水"，监狱外的生活是他恐惧的"岸"。

每天的生活，对人们来说，新鲜而又刺激。可是，心中又不乏忐忑。现代社会的动荡生活，无法未卜先知。不知道明天的风暴，会不会把我们带到"岸"上？不过，人这种进化了的生物，理应比鱼高明得多。在我看来，当人作为"鱼"存在于"水"中时，他还需要为适应"岸"上的生活，做未雨绸缪的准备。

片片蝶衣轻

蝴蝶的美丽捉摸不定。每一片蝶衣之上的图案、色泽，或者浓墨重彩，或者轻描淡写，造化轻轻点染，不经意中，竟都有不可模仿和复制的和谐与神秘。

旷远的乡村，太阳一个华丽的转身，瞬间就要落下山去。此时的景色是最美的，余晖给大地镀上一层金箔，在晚风中摇曳的树和草丛，静静地散发着诱人的芬芳。蜻蜓犹如表演滑翔的机群，在头顶展示飞行技巧。捕捉一只蜻蜓，是一件难度挺大的事。蜻蜓会灵巧地飞，蜻蜓的复眼警惕着每一处可能的伤害。

而蝴蝶则不然，它依偎在草丛中，优雅，宁静。轻轻合上手指，片片蝶衣即在指尖舞蹈。

华贵的背后隐藏的是脆弱，蝶衣一触即碎，当粉碎的蝶衣零落入尘，随风而逝，一只蝴蝶随即在顽童的手中香消玉殒。蝴蝶为何区别于蜻蜓，能轻易得手？大人说，蝴蝶是恋爱中的角色，蝴蝶的心沉醉而忧伤。于是，纷乱的蝶衣，如蛛网有时在梦里集结，再一次的捕捉，内心竟有了轻轻的疼痛。

夜幕四合，卸下门板，乡村的戏台搭起来了。四盏汽灯发出哧哧的声响，照得台上台下如同白昼。民间的戏班子款款亮相。水

袖飘舞，如片片翻飞的蝶衣，丝竹管弦，一阵火热的喧闹。

上演的曲目无非都是《天仙配》《女驸马》《秦香莲》等，其中《化蝶》讲述的就是有关蝴蝶的故事。这故事讲得美好又有些凄惨，让一个孩子一双捕捉的手微微有些打战。

男女主角是两个固定的演员。女的漂亮，男的帅气。这两人一上台，台下一片喝彩，说两人天生就是一对儿。

节目上演之前，村里一个干部上台说一些抓革命促生产之类的话。然后，目光怪怪地黏着女演员，长久握着女演员的手，直到台下一片嘘声才松开。有段时间，女演员神情恍惚，唱腔开始走调，有几次甚至差点从本就狭窄的土台上掉下来。台下观众看了摇头，小声地议论着什么。隐隐约约的一些话，是一个孩子无法理解的。

一天清晨，窗外一片脚步嘈杂的声音。人群像潮水一样向一个山峁汇集。路上听人说是一对青年男女在山上寻了短见。一棵并不高的松树，一对男女就挂在上面，绳索的一端是男演员，另一端是女演员。“蝴蝶！”突然人群一声尖叫。男女演员的身体上，密集着草丛中那种常见的黑色蝴蝶。蝴蝶正扇动着双翅……

大人们议论纷纷地猜测。

现在，当读到“片片蝶衣轻，点点猩红小……”的句子，心里颇不以为然，片片蝶衣都是有分量的啊。我想起了一些往事。眼前又仿佛是蝶衣在指尖上舞蹈。

让疼痛拐个弯

儿时，母亲因为子女众多，疾病、劳累、贫困和对生活的抱怨，让她的情绪无端烦躁。记得她常常用粗粗的荆条抽打我的双腿。我疼痛得大哭。本想用哭声引起她的怜悯，进而得到安慰，可是母亲锁上门出去了，我一个人被关在屋内。不知过了多久，哭声停止了。因为我发现泪水是咸的。我被泪水中的盐分吸引住了，开始用舌头舔嘴边的咸，舔干了嘴边，渐渐地，舌头越伸越长，探索的范围也越来越大。我变得专注和津津有味，忘记了疼痛，忘记了本来是要哭下去的……

几十年后的今天，我在午后的阳光中阅读。读到的，却是让心灵晦暗的文字：1943 年荷兰籍犹太少女埃尔加·德恩偷偷写下了一本日记，真实记录了自己及家人在纳粹集中营的悲惨经历以及内心的痛苦感受。这段“大屠杀时期的爱情”让我潸然泪下。我体会到了另一种疼痛，那是让一切疼痛在它的面前终将变得微不足道的疼痛。

这位当时被关押在 34B 号营房的花季少女，用细腻的笔触真实记录了布满虱子的集中营营房，自己与集中营看守的争执，以及内心无法排遣的郁闷和恐惧。她每天看到的是一批批难友从集

中营转移到“灭绝营”，生存的梦想将在那里破灭。当死神一天天临近，巨大的阴影覆压过来时，少女忽然想到了自己“最亲爱的”男友，想起了和平时期那段美丽的生活。生与死，是一个问题，更是一种考验和折磨。用什么来战胜恐惧和悲伤？她选择了日记，她拿起笔，记录下当时的生活和心灵的幻想，她写道：“每天我们都要从带刺的铁丝网向外张望，直到对自由生活望眼欲穿。”时光像攀越过绝壁悬崖的藤蔓，跳过眼前的现实，生命从它的侧面拓展出意义——追思和倾诉，并把这一切记录下来。

1943 年 7 月 16 日，少女德恩与她的哥哥和父母双亲在波兰索比堡灭绝营惨遭杀害。1943 年 7 月 16 日，时光已老，像远处泛黄的钟声，我无法想象年轻而美丽的生命如何像花朵一样被狂风摧折，无法想象一个少女面对死亡的心情和姿态。或可安慰的是，在肉体“灭绝”之前她的心灵没有提前死亡，最感疼痛的时候，她让疼痛拐了一个弯，心灵化成了蝴蝶，从泛黄的纸页羽化而出。这些文字让几十年后处在今天的我们，看到了生命在凄美中的舞蹈，看到了幽暗中侧立的火焰，看见了一个人临渊的绝望和最终的超越。

这些朴素的文字，没有对生命的理性阐释。因为真实的经历和活生生的感性，客观上，她的每个字都显得深刻，让人战栗。人类太多的智慧，是生存的智慧，教人在平庸的日子里打发闲暇和无聊；其实，死亡是更沉重和必修的一课。

生命不是一个抽象的符号，也不是一个生僻的隐喻，而是肉体和意识都布满敏感神经的活生生的感知体。疼痛追随着生命，似乎与生俱来，无可避免。肉体和心灵对于疼痛的感知都有着承载的极限。如果一切都是命中注定，肉体临近着险象环生、万劫不复的绝地，灵魂只能在无可选择中选择。那就让灵魂升华而出，做一次转移。即便是最后的一刻，船可以沉没，帆却不可以停止选择风向。

饕餮之宴

朋友的晚宴上，一位自称常年在广州做生意的大款，可谓见多“食”广。什么澳洲的袋鼠、非洲的犀牛、南美洲的蜥蜴，等等，五大洲四大洋“天上飞的除了飞机，地下有腿的除了桌椅”，其他只要能动的，悉数收入胃囊中。虽然有些东西实在食之难以下咽，但是，他说他是带着使命感去吃的，大嘴吃四方嘛，要吃遍天下的动植物。

能吃的吃，不能吃的也要吃。这是一种探索性的、开拓性的吃，其目的性在于遍及天下所有的物种。变态的使命感，让老饕们判断事物的眼光也发生了偏转。他们对物种特征的把握纯粹依赖味觉，你要谈到大熊猫，他可能的第一反应是，肉质嫩不嫩；说到扬子鳄，其关注的是，汤味美不美；对于世界的印象，单纯得只剩下甜酸苦辣。

吃活体的猴脑，取熊新鲜的胆汁，在动物撕心裂肺的哀号声中大嚼大咽。人这样吃兽，让人吃出了几分兽性。食客们最爱标榜的是食文化，而忌讳食道德。提起食文化，就获得了使命感，仿佛让厨师做出极致的美味，而自己品尝到极致的美味是人生的任务。贾府中的茄子，要经过十几道工序，十几种配料，刘姥姥这个“天

天吃茄子”的人居然吃不出茄子味，这才是贾府的骄傲，老饕的谈资。中国人的确把味觉功能开发到了极致。西方人吃健康、经济、快捷的自助餐，吃完了干正事。我们仅仅只为自己的味觉苦心孤诣。对于美味的偏执似乎永无满足，走到一个极端，“食文化”实质衍化为穷奢极欲的感官享受文化。

对社会的使命感一旦被“吃”的使命感所取代，换来的是一个社会整体的堕落。毁灭前的古罗马，饿殍遍地，贵族和富人们对社会的责任抛之脑后。从下午四点开始饮宴和狂欢，葡萄酒、红烧火鸡、炖牛舌、鹅肝馅儿饼、油炸羊里脊、橄榄拌凉菜，佳肴美味应有尽有，新台布换下裹挟着呕吐物的脏台布。其间夹杂着残酷的格斗和动物式的性交，台伯河的河水像“死人血一样殷红”。这不能不说是一场由“吃”引起的道德堕落的“非典”，一场天怒人怨的社会病。

当前，相对于穷尽美味和物种的使命感，“吃”需要的是另一种使命感。一种不对他人健康和安全构成威胁的使命感，一种包含“食道德”的使命感。报载，时下正是候鸟长途迁徙到各温暖地区越冬的季节，海南、广东等地是候鸟主要栖息地之一。候鸟有可能携带高致病禽流感病毒，但在海南一些地方却有不少捕捉、贩卖和点食候鸟景象。这种吃，既有损健康，还可能吃出事故。

在政府和社会各界为防控禽流感疫情不遗余力之际，一些人仍如此“吃心不改”，再怎么样“以食为天”也需要卫生，更需要的是公众安全，若为了满足一己之口福，吃出一场蔓延社会的灾祸，非但是食之不道德，还是食之罪过。暴食，基督教里“七宗罪”有其一，人若不节制欲望，真让其既是戒律又成谶语。某些灾难是天灾，而“吃”出来的灾难则是本可以避免的人祸。

眼泪为谁在飞

黑龙江七台河东风煤矿在“11·27”特大事故现场，一位妻子从事发当天晚上就滴水未进。在东北的寒夜里，她一直在矿井口等待，流下的眼泪结成了冰。她说，一家人全靠丈夫一个人，两个儿子还在读中学，上有一位86岁的老母亲。

我一个人在书房偷偷哭了很长时间，为一位陌生的妇女和她永埋井底的丈夫。想象在刺骨的寒风和难挨的冬夜里，矿工的妻子那撕心裂肺的疼痛和肝肠寸断的牵挂，在生与死的边缘，弱势者的孤独、无助和绝望。“流下的眼泪结成了冰”曾经是文学表现的夸张手法，竟变成了活生生的现实。纵然铁石心肠，此情此景，又怎能不落泪悲伤？

我经历过苦难，可是这些年我变得脆弱。暗夜里，也曾常常问自己：“眼泪为谁在飞？”身边有多少凄苦和悲怆，有多少他人万劫不复的苦难，如纷飞的碎片，如阴冷的蛛网，让一颗心时时痉挛、疼痛。他人的不幸，犹如一道鞭影，在一颗尚未泯灭善良的心上留下伤痕。记得海明威《丧钟为谁而鸣》里的句子：“谁也不能像一座孤岛，在大海里独居……因为我包含在人类这个概念里。”

在寒冷和悲伤中，我忽然又想起了那双眼睛。一个冬夜，当我从一家灯红酒绿的餐厅出来时，不远处的两个孩子让我驻足不前。这是一对兄妹，哥哥八九岁的年龄。他们蹲在地上，面前是饭店剩下的残羹冷炙，两双小手从饭盒里翻找，嘴里发出“肉丝！”“肉丝！”惊喜的叫声。这样惊喜的叫声，击中了我心中柔软的部分。寒风吹着他们的蓬头垢面和单薄的衣衫，在这个南方城市，他们的北方口音特别突出。他们的父母在哪儿？他们是怎样流落到此地的？他们又在何处栖身？

两个孤单的孩子，在陌生的城市。看见我的儿子在温暖的灯光下温习功课，我想到了他们，想到了他们的孤单，想到了他们的无助。我本来可以给他们更多的帮助，而且也有这个能力。一次一次面对苦难，让我的心也变得麻木，一直到遇上这两个孩子才意识到了自己的自私和伪善。

这个冬天将会过去，这个冬天里耳闻目睹的苦难也终将成为记忆。当春天到来时，愿上苍感念众生的心愿。一个人的幸福算得了什么？唯愿每个家庭远离灾难而美满，每个孩子远离孤单而快乐。带着对生活美好的预感和祝愿，擦干眼泪，我们等待不远处赐福的钟声。

5

第五辑

温暖握在掌心

民俗灯盏

民俗中最亮的灯盏，是乡村的春节。白发的双亲定时擦亮这盏灯，漂泊的游子，千里万里地回望，从寒意中能感知一抹温暖，于是，关山逾越，铁鞋踏破，漫漫风雪，也挡不住归途。在拥挤的窗口挤一张车票，在繁忙中偷闲盘算着日期。与朋友在怀旧的氛围中，谈论着童年乡村的春节……

记忆里，这个时候总会在父母唧唧呱呱交谈中早早醒来。在苦涩和坚韧中又将度过一年，父母们预谋着在最后一刻，让新年与旧年碰撞出快乐的火花。预谋的幸福从一点点的准备开始。

先得叫上裁缝为全家每人做一套新衣。乡村的裁缝多是小儿麻痹症患者，但这门手艺，让他们在这个季节成为家家追捧的明星。道路虽不平坦，可是他们矜持地提着尺子，快乐地吹着口哨，波浪般奔走。大人们为了孩子争先恐后将“机头”抢到家，孩子们争着往裁缝的碗中夹肉，为的是让自己的新衣先做，或者在新衣显眼的地方多缝个口袋。这些乡村的裁缝一般都能娶到最美的妻子，因为新衣上多加一个小小的点缀，就能赢得姑娘的芳心。所以在乡村一个人瘸一条腿并不是坏事，他可以去学裁缝手艺。

杀年猪要选择好时候，寒风吹彻，其时腌制腊肉能让肉味深厚绵长。一片嘈杂声中，卸下门板搭好案台，沸腾的水在锅中候着。猪一声长号，左冲右突，企图冲破围追堵截。“反围剿”的努

力延续到七八个壮汉将其按稳在案板上。褪毛的猪被挂在梯子上开膛，眼前一片一尘不染的鲜艳。于是，猪奉献了一切，为了大地上一年最后一个时刻的盛宴。咳嗽声、说话声、碗筷敲击声，推杯换盏声交汇一处，腾起的声浪升入半空。余好的肉一碗碗慷慨地分送四邻，受益的四邻则反馈一句句高声赞美。孩子们开始在猪的长嚎声中陶醉，那声音犹如号角，拉开一个序幕。收场的主角仍然是孩子，拿充气的猪尿泡当作足球来演绎赛事风云。

炸丸子、炒馃子、切米糖这样的事，母亲们愿意在孩子睡熟后偷偷进行。可是厨房的门关不住香气，偷偷地起床，眼前的景象新鲜又刺激。丸子在油锅中的空翻和潜泳，瓜子们在锅铲下争吵得很凶，胖胖的蚕豆露出牙齿憨厚一笑。母亲们手中的铲子或勺子轻快又谨慎，稍有迟疑，这些小家伙会焦头烂额，不复可爱。雪白的冻米被糖召集起来，团结到一起，然后在母亲们的刀下翻飞如雪片。

制作豆腐的过程则像一场祭祀。因为豆腐的好坏预兆来年的吉凶，乡村的人们易碎的梦想，希望能坚实地根植于生活的某个细节，且真实可感。掐算好黄道吉日，孩子要用草纸擦嘴忌口。锅中被加热的豆浆如雪浪翻滚，“点卤”是接下来最重要的工序。过与不及，都会让入缸凝固的豆腐脑儿稀如寡水，恰到好处的点卤能让豆腐脑儿插住筷子。我父亲是个读书人，“点墨”还行，“点卤”却很糟糕，每次他像拿毛笔一样拿住筷子准备投入缸中时，全家人的心收紧如拳头。当筷子要插到豆腐脑儿的瞬间，我奶奶小脚摇晃，已经站立不稳。

零星的鞭炮，挥舞的灯笼，大红大绿的新衣，一含就化的水果糖，还有像气球一样飘浮的心……美好的事物，离当下的生活越走越远。这正如我们的青春，一页页被翻过去。只在春节这个时候，所有沉淀在昔日的记忆，一起百感交集地来到心间，让我们在等待中战栗不已。

年夜饭

积攒了一年的珍馐，仿佛只为在这一刻大放光华。在烟熏火燎、雾气腾腾的厨房中，母亲们大显身手，烹制这一年最后的晚餐。

鸡在汤中打盹儿；鸭匍匐盘中不说话；中间的鹅，亮着红冠，富贵又呆板；身披葱花和红辣椒丝的鱼，像大红大绿待嫁的新娘。一瞬间，它们突然集中在桌上，让灰头灰脑的方木桌突然变得珠光宝气。它们骄傲又急切地等待着目光一遍一遍地检阅，又突然一起放出香气，考验我们对诱惑的抗拒能力，让饥饿了一年的胃对它们千呼万唤。

肚子里已敲锣打鼓，可是还得等把灶王爷请上门，放上一挂百子鞭，焚香祭祖，在天地间一片鞭炮爆裂的火光和芒硝硫黄的雾气中，把先人的灵魂请进门。做父亲的，这才松开绷紧的脸，号令孩子手中整装待发的筷子。

现在他们可以如愿，牙齿咀嚼不同的食物发出各种声响，那才是乡村最美的乐曲，连大地也在倾听。饥寒中的美味，足可以给一个人留下一生的印象，让人在后来的物质富足时代，一个劲地怀念当初的味觉感受。

可以尽情享用的是，二两一块的红烧肉，这种酱红色的、肥而不腻的大块肉，造就了乡村孩子健壮的胃。盛宴中，也有母亲们划定的“禁区”，比如，鸡鸭鱼这类“三牲”，是要作为“盘子”在正月里用来宴请贵宾的。

记得有一年的大年夜，母亲半夜起来打扫战场，发现丢了一条鱼。她抚摩我滚瓜溜圆的肚皮，打消了对我的怀疑。后来，在一个鼠洞口发现了蛛丝马迹，一窝老鼠，硬是抬走了一斤多重的鲢子鱼。母亲明明知道是这窝老鼠干的，却不去追究。

她说：“老鼠也忙活了一年，有老有小，也挺不容易，就让它们也吃个年夜饭过个好年吧！”

闹花灯

脱胎于远古的祭祀仪式，传承着欢庆气息，在大年夜之后埋下伏笔，是元宵节前后的另一个高潮。

一年又一年，花灯这么一闹腾，一个正月就沸腾了，一年也就红火了。远远地，花灯队伍逶迤在山间，像落在地上的闪电。激越的锣鼓，是苍凉岁月中唯一让大地变得雄浑的魔法。鼓声比心跳得厉害，锣与镲，音域辽阔，呼天唤地……

孩子们提着七禽六畜各种图案和形状的花灯，总是这个队伍中的快乐尾巴，欢腾着，跳跃着，光与火，新奇与欢欣，唤醒寂寥的山水。

排头灯、狮子、旱船、花灯被人流裹挟着，从一个村庄流向另一个村庄。擎排头灯的大汉，脸上闪烁着黑红的油彩，右手擎灯，左手持棍，他必是一条高大威猛、武艺高强的汉子。旱船中的花旦，悠扬缠绵的黄梅腔，把冬夜唱得温香软玉。一家家敞开大门，等待威武的狮子进屋降妖驱魔。

接灯人家，已准备好彩礼：香烟、水果糖；同时，也准备了随时在花灯队伍中炸响的鞭炮，这份意外的热闹，让人群水波般一浪一浪惊起。富有的人家，常常将一匹红色绸缎悬挂梁上，如果是两班花灯意外地同时进了一家的门，两位舞绣球者，就有了一番“明争暗斗”，最后，胜者纵身跃上方桌，从方桌之上腾身而起，披红挂彩。善意的刁难，考验的正是绣球舞者的艺高胆大。

倘若毗邻的两个村庄同时都要出灯，双方组织者会有一番讨价还价的商量，来划定地界。倘若狭路相逢，只好勇者胜。因此，擎排头灯的往往都是乡间出色的高手。我已故的二大爷，擎一方排灯，他那一身的好功夫和腱子肌，让各路花灯望风披靡。同时他又是绣球高手，一般人舞绣球只是伸胳膊蹬腿一番胡整，他手持绣球，打的可是正宗南拳。取梁上红绸的矫健身姿，不亚于NBA篮球队员的精彩扣篮。那一夜，他总会成为大姑娘小媳妇的梦中情人，她们含露的目光，会像膏药一样贴在他身上。

开始记事时，父亲常常驮我去看灯。记忆里，二大爷并不像父亲说的那么玄。表情苍凉，拳脚老迈，而且所有的动作都集中在右边。父亲说，二大爷有一年擎排头灯与人械斗被打瞎了左眼。

花市灯如昼

花市灯如昼，欢乐依旧。坦率地说，我太喜欢过年了：穿新衣；领着儿子四处逛；老婆不骂人了，还露出笑脸。快乐不知从何而来，又不胫而走，四处流传，天地间一派喜气洋洋的气氛，叫人如何不喜欢？

许多人害怕过年。岁月渐增，功业无成。年复一年，明镜悲白发，内心酸楚。不是矫情，实为人之常情。其实，改造这种情绪的方法很简单。关键时刻，千万别想“碌碌无为，虚度年华”诸如此类的一些蒙人又害己的鬼话。命令嘴角向耳朵看齐，就会喜不自禁。此非无奈，而是超越。

还得回到“过年”这个话题上来。在物质生活丰富的今天，传统意义上的过年，物质的诱惑力已在悄悄地转移或消散，人们不可能再像贫困的年代那样，为一盘肥厚的红烧肉，去等待一年的光阴；为一双新鞋而苦熬四季；为难得一见的空中燃放的焰火乐得手舞足蹈。

一切都过去了，一切都恢复了平静。

但是，平静中仍然蕴藏着丰富的快乐，快乐就像巨大的矿藏，潜藏在生活的表象之下，须得一点点地开发。有智慧的人，懂得挖掘和充分利用些许的欢乐，再细小也不让它成漏网之鱼。不珍惜快乐的人，年轻时，生活得无趣；年老时，后悔得几乎要哭出声来。何况，过年是多大的快乐矿藏，怎能忽视？

现代人总喜欢一味地玩深沉，撇着嘴说过年没意思。现在的话应该这么说，既然旧的已经过去了，就应该埋下头来，钻研出过年新的意思，开发出过年新的快乐。

比如，我是这样理解的，人在某种意义上说像一只垃圾桶，一年到头，装了许多烦心的事和不愉快的念头。过年这几天，最起码，可以静下来，倒倒垃圾，扫扫晦气，以便第二年轻装上阵。

其次，可以回家看看，给父母报一个平安的消息。按照中国传统的习俗，外地的儿女们都得回家过年，一家人其乐融融地团聚在一起，是真正的“家天下”。儿女漂泊在外的父母最盼望过年。倚门而望的父母那苍老的身影，在告诉我们过年的意义，平安幸福，对生活少一分抱怨。

还有可能在此期间得到一份意外的惊喜，正月里东串西串，也许会邂逅一位阔别多年的亲戚、同学或朋友，士别三日，话别后情景，也不失为一种快意人生。想一想音信渺茫又彼此思念的两个人又重新建立了联系，多不容易。那就得感谢过年所起的牵线搭桥的作用。

快过年了，真想再回到童年时代，提大红的灯笼吆喝几声“过年啰”。可惜我已是个成年人，我只好怀着对新年美好期盼等待着。

不安的年夜饭

那一年秋天，我父亲走了。临近年关，姑妈把我们姐弟四人召集到一起，做贼似的，背着我母亲。

姑妈说，你们家今年过年少了一人，妈妈最伤心。是的，父亲去世，我们跟着哭一阵子也就忘了，可母亲一直不能释怀。姑妈让我们表态，年夜饭时不能哭，一定要忍住。我第一个站起来保证："我要是哭，我是猪！"姑妈笑了。又接着说，你们不能提"爸爸"两个字。我又站起来说："我爸爸都死了，我还喊他干吗？"一句话，让我姑妈大放悲声。

那撕心裂肺的哭声，让我的心收缩得像一只握紧的拳头。我至今害怕听到哭声，一声声像刀子一样切割，直到人心碎。即便一个陌生人在哭，我也会跟着流泪。

时间一天天临近，悬念在心里慢慢长大。我记住了姑妈的话，一不能哭，二不能提"爸爸"。可是，我的两个姐姐和妹妹是否能做到呢？有没有另一种意外让母亲触景生情呢？一天天想着，让我对年夜饭既紧张又害怕，甚至心生埋怨，何必搞什么年夜饭这么个庄重的仪式呢？

年三十到了，一家人都低头干活儿，母亲围着灶台忙上忙下。

如果往年这时，父亲会一刻不停他的骂声，还会用红纸写春联，边写边奋力地向后甩着长长的围巾，父亲长得很帅，甩围巾的样子也很帅。而现在，一家人不说一句话。我在揣测着，母亲的感伤会何时爆发，又能爆发到什么程度。

远处鞭炮声响起，天暗了下来，风卷起地上的浮雪在灰暗的黄昏旋转升腾。母亲抬起身，辨听了一会儿。突然说："孩子们，把你们的'爸爸'请进来。"母亲并不忌讳提到"爸爸"这两个字了。我们开始"请"，这是一种古老的祭奠仪式，摆上酒杯和筷子，朝着门外喊几声。

回头看，母亲脸上竟然是笑。

心脏那只"握紧的拳头"摊开，我感到了轻松和快乐。围坐在温暖的桌边，母亲说："你们的爸爸在这一年去世了，我们大哭了一场，可我们还要继续生活啊。"母亲引导我们看到了生活美好的一面：国家这一年建设多快啊；母亲的学校周围失学的孩子越来越少了，自己每月的工资加了20多块钱；大姐这一年参加了工作，评上了先进工作者；二姐顺利地考取了高中；我考了全班第一，拿回了两张奖状；妹妹的黄发已扎成了小辫，不再整天嚷嚷着要糖吃。

一家人说着，笑着，都流下了泪水。欢欣之泪，用以告别那些痛苦和悲伤，告别一年来阴沉的心情和布满阴霾的日子。是的，我们还要生活，不必再去温习已销声匿迹的苦难，不再让它成为幸福和快乐的杀手。

第二天，打开门，新一年到了。春光涌进屋内，屋外阳光热烈而凶猛，鸟儿吹着口哨远征，冰雪消融的溪流也开始唱歌啦……

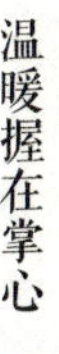

城市年味

时令进入腊月，乡村开始酝酿一场“过年”的风暴，办年货、赶年集、贴春联、除夕守岁、游八仙、唱大戏、扭秧歌、闹元宵，一切都在谋划中；而在城市的天空下，年味也毫不逊色。

人声鼎沸起来了。走在街头，忽然发现人像潮水一样漫过来。喧哗的人群一拨拨地来，一拨拨地去。这些人东张西望，交头接耳，操着各种口音，吆五喝六。有准备返乡的民工、进城买年货的老乡、兜售商品的小贩、旅游观光的旅客……汽车鸣着笛，欢快地奔跑，沿街店面的音响也开到了最大分贝，夜晚KTV包房的高歌刺破夜空。种种声浪汇集成一条破冰的河，涌动春潮，驱走冬日的寒冷。

最热烈的要数色彩。各种横幅和标牌亮了出来，亮得耀眼，彩虹门落在街道两边，色彩斑斓。鲜亮的红、鲜亮的黄、鲜亮的绿，是商家吸引顾客眼球惯用的法宝。小女孩见了过路人，就绽开桃花般的笑，伸手递过大红大绿的传单：某家火锅城在火红的腊月开张啦，快餐店三元一只的炸鸡腿等你辞旧迎新，某游乐城邀你迎新春卡拉OK。花花绿绿的传单被路人扔了一地，给街道两旁的瓷砖穿上了新衣。随处看见潮流中的人，用款式和色彩猜测新一

年时装流行色。整个大街犹如万花筒。

商战也在抓机遇，进入腊月，商品打折如火如荼。从商场出来，一个个犹如阿里巴巴盗宝归来，大包小包，沉得顾客龇牙咧嘴，面目狰狞。老婆跟我说：“多便宜的价格，多好的机会啊！也就在腊月。”出商场的门，我两手拎两大包，左肩扛着给老婆她侄子买的玩具卡宾枪，右肩架着给老婆她侄女买的布娃娃，我像马戏团那位滑稽的小丑，又像架满货物的双轮车，被老婆推着走。

腊月里的奇遇随时发生。一日，我在街头看热闹，看一家新开超市门前的魔术杂技。忽然被一群女孩拽上了一辆车。车上，一女孩说：“腊月啦。”我说：“是啊。”另一女孩说：“要迎新年啦，新年要有新气象！”我说：“是啊。”

车子开到了城郊，进入一新建的别墅区，抬头看见巨幅横幅“买新房迎新年”。售楼小姐过来说，买新房过新年，打折也就百来万。我一听就乐了，看来为了迎新年，我还得把自己卖啰。售楼小姐不含糊，为了买新房迎新年，你把自己卖了也值，何况腊月啥都好卖。

“打折也就百来万，我把自己卖给您！”我话音刚落，周围爆出一阵大笑声。

外婆的绿豆汤

最热的天，我就去外婆家。燠热中，最爱听外婆那一声“伢喝，好凉的绿豆汤”！

沿石板路而上，渐渐就能见到楞楞青瓦，那是外婆家沉在坳中的屋顶。外婆家门前有一棵槐树，活了五百年，抱拢需要三五人。外婆就站在树下望我。

外婆身材高大，三寸金莲，白发闪耀着慈爱。她右手戴一只碧绿的玉镯，用青花瓷的小碗，端给我绿豆汤时，玉镯与方桌相碰，发出一种细微的声响。这声响是一种刺激，一种清凉的提示，此刻，槐树底下穿堂而来的风、绿豆汤、外婆和她腕上碧绿的玉镯，都构成了惬意的一部分，暑意尽去，舒爽的感觉沁人心脾，让人神形松散，直至骨软筋酥。

绿豆汤做法不一。我外婆爱取一只瓦罐，装绿豆、水、砂糖，封上口，塞进灶垅。烧一顿饭，取出瓦罐，绿豆已在罐中心花怒放。膨胀的内心撑开表皮，浓稠的汤，翡翠绿的汁，宛若碧玉，稍一搅拌，山水画的图案浮上表层的水。

热气袅娜升腾，我双目贪婪，外婆微笑，吹一吹热气，舀一小勺递给我，然后就用木盆盖抵挡我得寸进尺的欲望。她总是耐

心地说：“我伢记住，想吃到最好的东西，就得有最好的耐心。”她是指一个过程，将绿豆汤“冰镇”的过程。远离冰箱的年代，这是一种最好的方法——将绿豆汤放置到井水中冰镇。

庭院中间，有一口井，不知道它已存在多少年，但见井绳黝黑而古老。井壁堆垒的是黑黢黢的石头，渗出的水，沿石头叮咚而下，石头上长满绿色的青苔，湿漉漉的，散发一种很好闻的土气夹霉味。井水清亮透明，阳光照进去，井中荡漾晶莹的光斑，朝下望，人脸上晃动水的波纹，与漂浮在井水中盛绿豆汤的木盆一起晃动。站在井边，一阵阵冷气直钻襟袖。

冰镇过的绿豆汤，吃起来粉而冰凉，糯而润滑，甜蜜在味蕾上开放，美好在记忆中沉淀。宛若碧玉，穿肠而过，祛包疖，败心火，解郁闷，通烦躁。绿豆汤，真是可以吃的玉。夏天，心火大，我常常跟同伴打架，打得同伴头破血流。我母亲说，该去外婆家喝几碗绿豆汤啦。那是，能治我的只有外婆的绿豆汤了。

如今，我仍能忆起所有。此外，还想起了外婆剥绿豆的细节。绿豆从荚中被剥出来，一粒粒像龟鳖的小眼，外婆珍爱地用手抚着，表情有点忧伤，她不说绿豆被剥出来，而是说绿豆“出嫁”了。她说到了自己的故乡，说到了自己少年的事，在忧伤中繁复感慨地追忆……

人的心事，像绿豆，装在豆荚中，谁也看不出来。剥出来时，即要做成伤感的汤。是否，外婆与绿豆汤有过什么故事？这是我现在想起来，不禁要揣测的心思。

在当时，只觉得外婆的绿豆汤馥郁如兰，宛若碧玉。

城中泥土

岳父岳母一直跟他们的儿子儿媳住在一起。近几年，孙儿长大了，岳父想买个二手房，搬出去单住。为此，我们对其所在城市的二手房展开拉网式搜索，把一些性价比较高的房子提供到岳父面前，让他选择。好虽好，岳父见了就是不肯点头。

原来，他是心有所属。他看中了某处一楼两室一厅的小房子，这房子还是20世纪80年代的建筑，相当破旧，而且价格不低。我们都很疑惑，为什么选择了这套？岳父说："你们在房子周围认真看看就知道为什么。"

房子的前面，是公园的围墙，围墙到这房子间是一片宽敞的泥地。岳父指着这片泥土说，这是城市中的泥土，我在城市里看到的都是沥青和水泥，几乎看不到泥土了，这泥土对我来说，实在太贵重了。岳父以前生活在乡下，对泥土的情感是无法割舍的。

我蹲下身子，泥土是黑色的，是这个城市最柔软的部分。我一下子就喜欢上了这块地，因为我一直不喜欢坚硬的东西，这块地的泥土正好柔软。相对于平整的水泥地面，它虽显凌乱和丑陋，可闻一闻，却有一种很特别的气息，新鲜醉人。

年前房子买下了。岳父在这块地周围用竹子扎上了篱笆，篱

笆内开出了三块地，新翻的泥土黝黑而松软，像一块大蛋糕，篱笆为它镶上了花边。

不久，围绕这块地发生了纠纷。左邻右舍认为，虽然这块地在岳父的门前，但并不能就此认定这块地就是岳父的。岳父打电话来，我赶过去，纠纷正在进行中，人声鼎沸。突然，我岳父将一只手臂高高举起，目光凛然，样子有点像《红旗谱》里的朱老忠。他说："都别争了，你们看这样好不好……"地由他来侍弄，结出的瓜果和蔬菜由三家来分享。结果，左邻右舍都认为这是个好主意。

夏天到了，这块地改变了颜色，翠绿中姹紫嫣红。豇豆犹如长长的蚯蚓，爬出了篱笆；丝瓜伸出孩子般的手臂，吊在竹竿上打秋千；辣椒和茄子的脸膛，红得发紫。一块无声的空地，霎时间变得丰富、热闹、葱茏。

土地不但结出了蔬菜和果实，还结出了情谊。如今，这三家已亲如一家。晨曦未露，"左邻"过来伏在窗边喊："走，咱们'摘瓜东篱下'去啊。""右舍"边摘菜边向岳父伸大拇指："你实在太能干了，把农村搬到了城市。"

这些话，激励着岳父再接再厉。受到表扬的岳父，干啥都有劲了，他跟我们说，其实这些瓜果蔬菜能值多少钱？关键是这些人在城市的水泥地上，品尝到了田园之趣、桑麻之乐。

前段时间，岳父托人带来一筐碧绿的青菜芽。还有一张纸条，纸条上写着："这是纯天然、绿色、未施化肥农药、无公害蔬菜，你们尝尝味道是否有所不同？"其实，我对蔬菜并不在意。

我在意的是，蹲在这块地的旁边，看看这在城中不断被排斥的泥土，如何在岳父的手下扮演川剧中的"变脸"大师；闻闻那种独特的土腥气，因为我闻怕了汽车尾气的味道。

第一件乐器

忽然一夜间，我家的防盗门上贴满了各种乐器培训班的广告。一想，快到孩子们的寒假了吧？

周末，透过书房的窗户，总能看见楼上的一个小女孩跟在父母后面，父母在前面抬着硕大的古筝，她低着头向前走的样子，让我想起《许三观卖血记》里数自己泪滴的一乐。

乐器，让一个孩子如此痛苦，这与我当初对乐器的印象大相径庭。我想起了自己人生的第一件乐器。

八九岁的时候，我想买一只笛子。一开口，就遭到父亲痛斥。他觉得一个有出息的孩子，从小就应该背《诗经》、《论语》、唐诗宋词，吹笛子是玩物丧志。伙伴毛头在每天的清晨，拿着笛子到小池塘边吹奏《东方红》。远远地看着，靠在一棵小树上，我泪流满面。

于是，谋划着给自己做一件乐器。砍下一棵竹子，用烧红的铁丝打通关节……意外的是，这件自制的笛子有很好的音准。夏夜的星空下，父亲听了我的演奏难掩惊喜。继而，还是脸一黑，果然长大没出息！不过到临终前他反悔了，他说：“其实我一直都想给你买一只笛子。”

乐器对于人，就像笼子在等待鸟。需要倾诉的人，迟早要自投罗网。内心深处的旋律注定要流淌出来，乐器只是替它找到了出口。

寻找最美的声音，是因为想把它献给最爱的人。上高中时，老山前线捷报频传，学校团委发动学生给前线寄慰问品。我们班办了一台晚会，用录音机录下来，将磁带寄往老山前线。现场，我满脸通红地吹口琴，口琴上的钢板竟划破了嘴角。这支歌我至今还记得，叫《血染的风采》。音乐老师听了，和我一样激动：你的辅音和颤音吹得多漂亮啊！

是的，这是我记忆中干得最完美的一件事。若不是这把口琴，我不知道如何去表达我的爱、向往和敬仰。

我至今还是认为，在大学不弹吉他不写诗，就会错过青春的美好。有点甜蜜、有点忧伤、有点空虚、有点向往，通过六弦琴表达出来，是最合适不过的。琴声漫过，草地上，仿佛流淌着蜜和牛奶。那时，有一帮人跟着艾伦·金斯堡去《嚎叫》，用疯狂的摇滚刺激神经，而我通过一把吉他，在深夜《致爱丽丝》，听到了《秋日私语》，邂逅了《水边的阿德丽亚娜》。

在华丽中转身，最终在青春的叛逆中选择了回归。我得感谢这把吉他，让我在一片荒芜和迷茫中内心没有长出荒草。

如今，这把吉他放在我的书架的顶上，偶尔用手随意划弄一下琴弦，听到一声岁月的叹息，逝去的时光中的一切美好重回心间。儿子走过来说:“呀，看不出你还能弹吉他！”老婆走来说:“嗨，我之所以看上你爸，就因为他当初是‘吉他王子’，你是吉他结出的果实啊。”

我想告诉那些孩子，乐器不是背上的石头，也不是用来考级的，不应该让人那么痛苦，它是世间美好的东西，要用心去爱它。多少年后，你会发现它是一位从不背叛、最懂你的朋友，是你红尘中的唯一安慰。

倾听也是帮助

夜色中，这位大婶的脸，在路灯下浮出痛苦的表情。她拦住了我，我和儿子赶着去吃快餐。我是个面善的人，大街上常常被人拦住，被要求提供一点帮助。无数张痛苦的脸，定格在我的记忆里，有些是职业化的，有些确实是因为身处困境而面露焦虑。

我将手伸进口袋去掏钱，这天我心情很好，收到一笔不菲的稿费。大婶说话了："大兄弟，我受了很大的委屈，你要帮帮我。"掏出钱递给她，她摇摇头，她是想让我帮她告状，替她写讼状。

这一下难住了我，我不懂法律，而且法院也没有一个熟人，真的没法帮她。想起作家贾平凹的一句话："能帮别人的事就帮别人，不能帮别人的事，就倾听别人诉说。"于是，试着去倾听。

路灯的光下，这位大婶的脸，被悲愤扭曲。她用颤抖的声音，诉说悲伤和冤情。听了半天，我在心里把她语无伦次的话整理一遍，概括出事情的轮廓：一个村干部强征了她家在公路边的一块菜地做宅基地，并且在纠纷中打伤了她丈夫。

不能帮她，我觉得自己说任何话都是苍白的，只能一遍又一遍地倾听她的诉说，用感同身受的表情，表达同情和声援。同样的过程，大婶说了一遍又一遍。

奇怪的是，说到第四遍的时候，这位大婶表情一下松弛了下来。突然，她转换了话题：“大兄弟，说了这么多遍，我心里舒服多了。你知道，对方是村干部，村里人都不敢听我诉冤情，我闷在心里越想越气，来城里的路上，真想一头扎进河里死了算了。”

我只能说一些宽慰的话：有道是“邪不压正”，毕竟在我们这个社会，任何事都会找到解决的渠道。这些大而空的道理，未必能指明解决问题的具体途径，但在舒缓情绪上作用是明显的。看得出，此刻她已不再处在悲伤和愤怒的临爆点上，心情也平静了下来。

我也只能这样“帮”她。

向前走了一段路，大婶又追了上来，反复地说：“大兄弟，你放心，我不再想去投河了。”

我感到很欣慰。都在苦弱中挣扎，我没能力帮助一个人，只能去倾听。痛苦像一筐石头，需要倾诉的人不堪重压，那么就通过倾诉卸一半给我吧。往往，倾听也是帮助。

山后龙啸

顺着一条河往前走。这条河叫“尧渡”，据说当年尧帝从这里渡河，去体察民情，安抚苍生。河水清澈，两岸翠竹青青，尧伐竹造筏，作为渡河的工具。削竹做剑，编竹为笠，遥想尧的样子，应该很酷。

深入山中，半山坡有数户人家，远看如鸟巢，隐逸林中。沿蜿蜒小道而上，回首才感惊险。土墙的前面，几位老人坐在矮凳上晒太阳。看上去宁静而古朴，城里生活久了的人们，遇此场景，如见一幅先民的图画。筑而击壤，隔世而悠然的情怀，基于把外界的影响置于身外。我想到了《古诗源》中的《击壤歌》中的一句：“帝力于我何有哉！”

交通不便，生活困顿，不知道这群人为什么住在这里？夜晚我住在这里。掌灯攀谈时，他们吞吞吐吐，言辞闪烁，好像在回避这个话题。

忽然，屋后发出奇异的声响，起初呜呜咽咽，声音渐渐高亢，许多的音符，许多的节拍，隐含在啸声中，虽没有黄钟大吕的爆响，然持久的爆发力绵绵不绝。低沉地迂回，高昂地攀升，仿佛从管弦中流出，从丝竹中流出，从洞箫中流出，有万千变化。

老者突然眼睛一亮，问我："听见了吗？"我不明其意，他说："这是龙啸。"表情神秘而虔诚。这回他告诉我了，这几间土屋，尧当年就住在里，这里有龙在护佑，龙啸的声音，表明龙出动了，提示和呵护人的入眠。

说者像煞有介事，听者淡然一笑。躺在木床上，透过打开的窗户，我细细辨听，忽然有一种顿悟，这并非什么神秘的龙啸，应该是风吹松涛和竹林发出的声音。不过，神奇的是，像我这样常常失眠的人，是夜，昏睡得不曾翻身。

第二天，我要告辞了。内心是复杂的，我是不是要告诉他们昨夜的发现。淳朴的山人，守着虚无的龙啸困顿了一辈子。他们是否应该明白过来，进而改变生活？

我试探着，把内心的想法告诉他们。他们的表情中似乎有未卜先知的准备。"这种事还是不要瞎说为好，否则是对龙的不敬！"语气十分不快。我心里一阵懊悔，他们未必不知道真相，而是更愿意相信这是龙啸。

信仰就是这样炼成的。"更愿意相信什么"才是其存在的合理性。守着龙啸，他们才感到内心的充实和自在。一切艰辛与困顿，都会在龙啸声中，化为快乐的羽翼，迎风飞扬。

沿山道而下时，我一回头。几位老人宁静地坐在土墙前晒太阳，苍老自在，白发皤然。其中有高寿者，已经活过了一百岁。龙啸，在他们的心中已经迂回萦绕了一百多年了吧。

瘦身糖果

疾病，如果跟某种“福利”联系在一起，还是令人向往的，我儿时就这样想。那时，我妹妹常常生病，父亲是中医，妹妹喝完中药，就能吃一勺白砂糖，这叫“过口”。白砂糖要凭票供应，很多时候，喝药后含的是水果糖。

一次，妹妹病了，父亲拿一角钱，让我去买十粒水果糖。我只能吃一粒。这种糖的内含和外观，直到现在还保留在我的记忆里。长方体，厚厚的一块，包在花蜡纸里，蜡纸两端一拧，糖就像穿上了花棉袄。

站在山峁上，我迟迟不肯回家。因为不愿意就这样轻易地将糖交出。属于我的一粒，放在嘴里，一下就吞到肚子里，到了肚子我才懊悔不迭，因为美味只有一瞬间，味蕾还没来得及绽放。

摸着花衣里的“公主”，心里怨恨父亲。想再吃一粒，又怕父亲的怒吼和棍棒。忽然，灵机一动，计上心头。坐下身，九粒糖果在我面前排成一排，糖果纸被一一剥开，糖果依次拿到嘴里，一顿猛嗍。夕阳下，山峁上，这是一个孩子的盛宴。

九粒糖都被瘦了一遍身。有了一遍，何妨有第二遍，第三遍……

我把糖果递给父亲，你数好，是九粒啊，我一粒也没多吃！父亲狐疑地看了我一会儿，转身去了房间。我想撒腿就跑，可是一想，一跑事情就会败露。于是，装模作样坐在椅子上看书，看得挺出神。

从房间出来，父亲的脸上堆满乌云。他把厅堂的门闩上。我最终没有避免一顿棍棒的追究。

父亲后来告诉我，他最初没有发现，后来揭糖果纸时才发现，每粒糖都被的我的唾沫粘住了，再怎么揭都揭不下。父亲说，你要多吃一粒，我不会怪你，你个屁大的小孩敢跟我玩伎俩！

要犯错误，也要把错误犯在明处，想要滑头，总会在另一个细节败露。这是父亲的观点。是的，瘦身的糖果被糖果纸包住了，这个细节可以蒙混过关；会在揭糖果纸这个细节上败露，这是我没想到的。

现在，同事和朋友都说我做人很老实。我不知道是不是受当年这件事的影响。在我看来，许多的做人圆滑与精明，终究都是徒劳无益的。因为你在一个细节上可以蒙混过关，难免在另一个意想不到的细节上败露。就像那九粒瘦身糖果。

温暖握在掌心

落叶已经走远，冬到了深处。大街上的人们躲到厚厚的羽绒服里。此刻，只有红薯敢于裸露，这些乡下来的“兄弟”，挤在一个框中取暖。烤红薯的人，拿起一只，在手中一掂，再拿起一只，在手中一掂，然后一一送进炉子。炉子里蹿出白气，散发出香味，温暖在大街小巷的拐角处扩散开来。

烤红薯的人，鼻子总是黑的，看起来像马戏团的一个角儿。烤熟的红薯，被放置在炉边，它们的外表，凸起满是褶皱的沧桑，不均匀的几块，凝固了突破表皮而溢出的糖汁，琥珀般晶亮。大街小巷，每一个用废弃的油桶做成的炉子旁边，聚满了人。温暖召唤他们过来，香味也召唤他们过来。召唤他们的可能还有沉淀在记忆中的味觉印象。

大地朴素的果实，平民的美食。吃烤红薯，如同工程上挖土方，红薯断面，留下人的牙印。红薯是温软的，不与任何松动的牙齿为难。那种甜，一直往人的心里沁。爱吃烤红薯的人，唇齿间的气息总那么醉人。

掰开烤熟了的红薯的表皮，如同打开斑驳的岁月，滤去所有的艰辛，甜蜜和芬芳突然在瞬间开放。红薯的心是柔软的，而由钢筋水泥构筑起来的城市，道路和高楼，处处给人硬的感觉。红薯的心是温暖的，而冬天的城市，没有山峦、树木和土墙给人挡风，一阵风从大街穿过，一直吹到人的心里。因此，我就想，我之所以爱它，是因为在硬与冷的环境里，它是我一手可以把握的温暖柔软的事物。

我看见许多人和我一样，背对着大风，把它放在掌心里，久久地焐着……

在记忆的边缘，往事像花朵一样开放。母亲用粗粗的荆条抽打我的双腿，我奔跑在狂野上，对着铅灰色的天空哭喊。突然，我停止了哭声，我想起了我于几个小时前在温暖的灶灰里埋有一块红薯，红薯该焐熟了吧？伤心转化成牵挂，我担心这块烤熟的红薯会被姐姐发现。想到这里，转过身，拼了命地往家跑。

铅灰色的云，一层层压过来，风纠缠着每一件它能抓住的事物。此时站在大街上，看不见西边暗红色的天空，只有烤红薯的炉子发出火光，与昏暗、寒冷抗争。废油桶的炉子，装红薯的框子，框子里土头土脑的红薯，还有那个黑鼻子的烤红薯的人，置身其中，等待红薯的心在炉中由硬变软。几分钟的停留，生活的气息，世俗的风味，一起在心中化开。光与影交错，黑与白对比，恍然间，感觉场景在变幻，人和周边的景象，像被拍摄到拉着锯条的黑白老电影中去了。

夜色中，我喜欢一个人，手握一块烤红薯散步。突然见橱窗的玻璃背后，一群食客在吃生猛海鲜，山珍海味让他们自觉富贵。翻飞的唾沫在每个人的面前下一阵蒙蒙烟雨，数十只筷子插在一个锅里争食。

而此刻，温热的红薯安静地被我握着，它的芬芳只属于我一个人。它将让我的味蕾敏感而甜蜜地开放，它的断面不会留下另外一个人的牙印。不敢说，此刻拥有烤红薯我就拥有了幸福。但在寒冷的街头，一种温暖被我握在了掌心。

彼岸

我和朋友驱车沿江边而行。渡口的对岸，是古城安庆。此岸渡口附近的河堤，白杨林的树荫覆盖一片开阔的草地。等待渡船的间隙，我习惯性地离开车，去那片草地转转。

引起我注意的是一位老太太。老太太坐在树荫下，望着彼岸。来这块草地很多次，都见老太太这样望着。我感觉挺奇怪的，想必是彼岸城市的某个人，让老人牵挂。可是，彼岸这么近，乘一班轮渡就可以抵达，老人何必坐在这里呢?

好奇心引发询问。原来，老太太住在不远处的村庄。老太太直截了当地说:“我在看一个人呢。”我问:“在彼岸城市？您儿子？您女儿？您的孙辈？”

意外的是，老人一一摇头。

“是一个老头！”对着我们即将离去的背影，老人大声道出了心中的秘密。

这让我们既有些始料不及，又有些尴尬。

大雾延误了轮渡，我们陪老太太聊了起来。

彼岸的城市里，确实住了位老太太牵挂的老先生。40年前，一对年轻人青梅竹马，后来被家庭拆散，男青年来到这个城市工

作，女青年嫁到了江对岸的江南农村。40余年，从青丝到白发，痴情的人一有空就来江边坐坐，看着江水，看着彼岸。

“我来种豆时，也就这么坐着望；来薅野菜，也这么坐着望；来放牛，也这么坐着望；我总这么坐着望……伢，我望着那边，心里才有着落。”老人说。

未成眷属的有情人，大都愿意用一生来守望。

可是，离得这么近，何况沧桑一生，已近夕阳黄昏，为什么不能见面一叙呢？我和朋友劝着老太太，并且愿意玉成此事。

老太太有些急了：“你们这些伢，你们以为我不要这张老脸啊？若是那样，他怎么看我？他的儿孙怎么看我们？”

我们无话可说。看着老太太苦涩的背影，一点点在大雾中消失。彼岸花，水中月，那是一种美好，既神圣，又易碎。

当我乘轮渡渡过长江，到达彼岸的城市，只用了短短的五分钟，而那位遥望的老太太，用近乎漫长的一生，也不能将这短短的五分钟穿越。

哦，彼岸，是用来向往、用来守候的。

6

第六辑

黎明前的收音机

寂寞之声

我日日坐在书房里读书写作。累了，站起身，在客厅里走走，到阳台上看看防盗窗外网格状的天空。也能听到街道上汽车的笛声，可那声音不属于我。在这个春天里，我的内心，是一片无边的寂寞。

一日，听到楼道监控系统的门铃声，我猜测是一位朋友造访。我住在三楼，门正对着一楼的楼顶，一楼是商业店铺，这楼顶形成宽敞的平台。打开门，等了会儿，竟不见人影。我纳闷。如此反复多次，终于看到了一个六七岁的男孩。

我埋伏在门后，通过防盗门的猫眼朝下看，他正按楼道铁栅栏门上的按钮。我猛一开门，他躲闪不及，四目相对，小家伙的眼神里流露出一个孩子恶作剧后的惊恐。我的一笑，缓解了他的不安，但他还是害羞地背过身去，后背靠在门上蹭痒，时而半扭着头，用眼角的余光扫着我。

此后的每天，他都会如约而至。一声声的门铃声，把我从电脑前短暂地解放出来。我变得像个孩子，朝他做各种鬼脸，然后哈哈大笑，乐不可支。他害羞地背过身去，用后背在门上蹭痒。我朝他喊：“小坏蛋，又干坏事啦！”他一脸坏笑地跑开。

我在揣测，为什么他唯独按我的门铃？可能他按了无数个门铃，白天住户们都去上班，只有我有回应。在寂寞中制造的声音，更需要另一个人欣赏吧？

不久，透过书房的窗户，我看到了平台上的另一种情景，一群孩子在抢球。同时我看到了摁门铃的孩子和他寂寞的童年。他安静地坐在平台边花圃的沿上，眼睛湿漉漉地看着球和同伴。我被这个场面击中，我看到了30年前的自己，同样是一个敏感、孤僻的孩子，内心充满自尊，回避在碰撞中争抢。喧嚣中，属于别人的快乐声音，又时时像马蹄，踩踏自己心中的嫩苗。

这个孩子，像一颗楔子已打进了我的生活，让我感到新鲜和疼痛。忍不住打开门，走到他面前。他看了我一眼，把目光固定在自己的脚尖。我还是逗他：“小坏蛋，不干坏事啦？”他的回答让我吃惊，他说：“妈妈打，妈妈说我们是来租房住的，别惹城里人生气。”

说了许多安慰和怂恿的话，这孩子不再抬头，目光固定在自己的脚尖。

此后，我在寂寞中，再也等不到他来按门铃的声音。有时我在客厅里大声地唱歌，我听见自己的歌声高亢而嘹亮，我被自己的歌声打动。这是一个孩子教会我的，不要在寂寞中寂寞，而要在寂寞中制造出一点声响，首先自己去倾听。

等待寂寞的声音。我在想，这孩子是不是去了乡下，或者房子租到了别处，或者……有着许多的可能。我惦念的是，在新的环境里，他是否找到了打碎寂寞的另一种方式和另一种声音。

苦涩的疑问

他拦住我，急切地和我说话。眼眶里的泪和两鬓的白发，显得极不协调。在我看来，这个年龄应该懂得克制。

这位中年汉子突然抓住我的胳膊，我感到有些不适，试图挣脱，可是他抓得更紧。眼眶里的泪几乎要涌出，他说："我父亲丢了，你可曾看见一位老人，满头白发，胸前挂着钥匙？"

"他脑子不好，硬要去我妹妹家，今天是他生日，我就让他去了，可现在是下午了，就几步路，还没到我妹妹家。"他认定父亲走失了，急切而又悲伤，向迎面走来的人一个个打听，其中包括我。

我记下他的手机号。其实这只是一种安慰的方式，我去哪儿能帮他找到他的父亲？只是多一个人参与进来，就多一个人负担他心灵的痛苦罢了。

五十出头的汉子，父亲丢了，竟至哭肿了眼睛。罗兰·巴特说过一句话："眼泪的存在，证明悲哀不是一场幻觉。"动了感情才能流下泪，孝心感人。我真想帮他找找，希望突然间就走过来那位满头白发、胸前挂着钥匙的老人。可是，没有。

街边的树影延伸到对面，夕阳沉沉欲坠。转过背，我去街边

杂货铺买饮料。一位中年妇女边打开冰柜便问："你认识他？刚才那人。"我说不认识。她用很肯定的口吻说："一定是问你可看见他父亲了！"

我有些吃惊，她怎么会知道呢？她说："他就住在我楼下，中午就在家里号了，不过我告诉你，他是装的，绝对是装的，他巴不得他父亲走失呢！"

装的？我大吃一惊。这话给了我截然不同的印象。怎么可能？我分明看到了他眼中的泪和哭肿的眼睛。可是，这位妇女接着说："我干吗要在一个陌生人面前冤枉他？他平时对老人可凶了，一直恶声恶气的，从不给老人好脸色。"

不过，她最终还是帮他说了一句："这人也挺不容易，50多岁的汉子，没有正式工作，靠开个电瓶车给人拉货挣点小钱度日，生活压力大……"

这事过了很久了，我希望自己能把它忘记。

在没有得到合理的解释之前，它却很顽固，顽固地从心底蹿出来，变成挥之不去的疑问。

中年汉子的泪水是不是真的？杂货店女店主有没有撒谎？在是与非的两极，我不知道我的天平该倾向谁。我觉得当我试图来解答这个疑问时，内心感到的总是苦涩，仿佛有一种美好的伦常在眼前崩毁。

解答中有许多个"或许"，最终我选择了一种。

或许中年人的泪和女店主的话都是真的，只是在父亲走失后，这个中年人才有所触动，所有日子里犯下的错，瞬间变成了芒与刺，刺出了内心真实的痛。

河流的转换

回老家时，我叔叔正低着头挖水沟。我有些奇怪：“干吗挖水沟？”叔叔头都不抬：“灌溉啊，做灌溉用的排水沟。”我更纳闷了，家乡趟马山脚下有一条踏水河，在我的记忆中河水丰沛，长流不息。可是，叔叔说，河水早干了，河床几乎要高过河堤啦。

晚上，我想和叔叔讨论这条河，因为我对这条河感情很深。为什么不疏通河道呢？叔叔的意思是，河流三弯九转，还要从源头开始疏理，费时费力；而排水沟，挖上几锄头，借助机器抽水，水就排到田地里了。

这么说，河流注定要转换成排水沟了，我心中不安。虽然都具排水功能，可是二者给我的感受是不一样的，河流自由烂漫，是自然天性的存在；而排水沟是一条单调的直线，除了秉持着人的功利目的，乏善可陈。

我想起了留在这条河里的童年。夏天的日光，在小伙伴们黑黑的光屁股蛋上闪跃，我和伙伴们扎进清凉的河水，在河里摸鱼捞虾，欢快的笑声像河水一样哗哗流淌……如今的乡村，河流竟转换成了排水沟。恐怕消失的不仅仅是河流，伴随逝去的还有乡愁和诗意。我不知道今后的诗人，如何去歌咏排水沟。

身边的事物，还有多少正在悄然转换？

母亲所在城市的郊区有块空地，去那座城市，我就会带儿子去那里玩。空地毗邻一方天然的湖，野草疯长，叠成一片厚实的碧绿。我和儿子躺在草地上，衣着太阳的金帛，看湖水微澜，感到惬意和清爽。其间，儿子还能从草地上寻到红红的野草莓，而我收获的是儿子惊喜的叫声。

如今，这块地被整平，铺上了水泥，成了市民广场。有限的几个花圃，作为一种点缀，草想长得快，奈何不了园林工人的剪刀。同样是给人玩的，目前的广场，整齐却让人拘谨，干净却让人无所适从，颇具人为的匠心却有点强人所难。随心所欲的空间已被水泥填满，如今谁能有勇气躺在这冰冷的水泥地上，周围的人不把你当成傻子才怪。

在人与人的交往中，同样能感受到类似河流的转换。

多年前，儿时的伙伴从故乡来，第一句是："我来看看你，咱们好好聊聊。"在小街的小酒馆里，我们快乐地用筷子敲打着碗碟。如今有人从故乡来，第一句是："我好不容易找到你，找你办点事。"在华丽的餐厅，四目相视，探寻着对方的心理，小心而谨慎。劝他喝酒，他回敬一句，喝不喝无所谓，办正事要紧。和他一道回忆童年，他会不耐烦，话说多了没用，把事办成了才是好哥们儿。

还有什么好说的？友谊已转换成了交易。

类似于"河流"，蓦然回首，我们身边包含诗意的事物，已悄然转换成了"排水沟"。生活的方式变得功利和直达目的。

但就我而言，河流作为一种曾经的存在，如今它流淌的位置，也相应地从乡村的土地，转换到了我的纸上。它不会消失，永将流淌在我激情和诗意的缅怀中。

怀念猪

在一家快餐店，我看着大量的食物被拆下来，倒进垃圾桶，倒进下水道。太浪费了！

儿子显然对我的表情不满，他可能觉得我这种惋惜的表情，在大庭广众之下一定程度上丢了他的面子。于是，他大声提醒："你在朝什么看啊？你竟然看着垃圾发呆？""什么垃圾啊？这是食物，足以养三头猪。"我的怒火终于爆发出来。可是这话，周围人都大惑不解。

我又沉默了，因为我在怀念一头猪。猪是很可爱的动物，有时候比人还懂事，至少在节约粮食方面。

儿时，我住在一所山村学校。少不更事的姐弟四人，吃饭像"种饭"，撒得到处是，父亲的《悯农》诗挽救不了一粒粮食，于是父母开始商量，商量的结果是买一头小猪，让小猪来替我们打扫饭后的战场。

买猪的过程是有趣的。我跟母亲去了一个叫黄墩的猪集。在一个特定的日子，所有的母猪和猪崽集中到这里，大猪小猪一起叫，一片鬼哭狼嚎之声。集市的中心有个土台，为招揽生意，卖猪人牵着自家的大母猪在土台上亮个相，走几圈，等于是为待卖

的猪崽做个广告。母猪们哼哼唧唧，鱼贯而上，搔首弄姿，想起来，有点像现在的模特大赛。

我们家捉回一头可爱的小猪，起名叫“白白”，一盆洗米水，它喝得比现在的孩子喝可乐还香甜。而且它的食欲让人吃惊，见了能吃的要吃，不能吃的也要设法咬上几口。吃了不该吃的，将要受罚，为逃避险境，它跑起来像颗鱼雷；琢磨一顿美餐时，它踱着方步，摇头摆尾，若有所思，样子像个宰相。

王小波的名篇是《一只特立独行的猪》，在文章里，他直接称那头猪为“猪兄”，足见亲密。

白白也同样被我们待见，深受我们全家器重。我父亲说它是节约的卫士，浪费的杀手。它忠实地追随着我们的饭碗，但凡有一粒饭粒撒下，都被吸进它的大嘴。奔跑中的一碗饭，磕在地上，这会成为它的美餐，它拱开碎瓷片，快乐地甩起尾巴，大快朵颐。

过年过节的时候，我母亲总是说，幸亏有一头猪，要不，有多少剩下的饭菜要馊了霉了，又有多少粮食要浪费了。而且，它吃了不是白吃，总要长上几斤膘作为回报。

有了白白，就我们而言，制止了浪费；对我父母而言，消除了因浪费产生的愧疚感和负罪感。

现在，在一家快餐厅，我竟然听见一位母亲对孩子说：“别全吃光了，那样很没面子。”这是什么话？吃光了就显寒碜？比尔·盖茨吃完了心爱的汉堡，还会伸出舌头舔舔手指上的奶酪，意犹未尽，比尔·盖茨寒碜不？

从街头小吃到食府酒店，以这种方式，我们这个社会有太多并不阔的人在装阔，或者是有点阔的人在拼命地摆阔。

这个时候，我会怀念一头猪。

“当下”与“此处”

我认识一位老者，老人很健谈，可他的话语总让我觉得有些怪怪的。每句话中都有一句“我们那时候……”他的青春年华是在20世纪五六十年代度过的。对于那个时代的迷恋和追忆，已经让他将所有的情感好恶替代了对是非的理性判断。

只有在谈到当红卫兵、上山下乡、“文革”中的派系文攻武斗，才让他双目炯炯、眉飞色舞。即便是当时参与批斗某个人，也被现在的他说得津津有味。而对当下的一切，他几乎了无兴趣，甚至无法接受，且深感不悦。我揣测，他那个时候过得很风光，有时也劝劝他，年华已逝，还是回到眼前。他长叹一口气：“你是没有经历过那个年代啊……”

我想，他的思维像一个钟表，已经停在了20世纪五六十年代。他已经无法回去，也无法走出来。他的精神世界已经固定在往昔的某个囚笼里，无法转身，因此只能陷入对现实的深深郁闷了。

在给大学生上课时，一个孩子的眼神，让我为他担忧。每堂课他都扭头向着窗外，怔怔地走神，眼睛如同鲁迅先生描写祥林嫂那样只是“间或一轮”。他到底在想什么呢？这在我心里一直是个疑问。

终于有一天的课间，我见他闷闷不乐地在走廊上徘徊，于是去问，他的回答让我吓了一跳。

“您以为我的心在此处啊？我的心在北大、在清华的课堂！”

这是一所并不理想的高校，可也没有差到令人无法忍受的地步。但理想与现实的落差，让他心在别处，才能暂时逃避痛苦。于是身在此处，心去了北大的课堂。心灵被放逐，不知道，也无从去解放。

最近在一位朋友的博客上读到她写的文章，这位朋友是心理学博士。她之所论，正是对我遇到的两种人生境况的解释。

文中说，许多现实中的人，从时间角度看，他生活在“过去”，而不是生活在“当下”；从空间角度看，他生活在“别处”，而不是在“此处”。

这两类生活，因虚幻而痛苦，因迷茫而困顿。

许多人是在不自知的状态下进入这两种状态的，因为被“过去”和“别处”束缚得太紧，已到了不得不给自己心灵松绑的程度了。

对于没有“风光”和没有“风景”的生活，我想，务实与进取的态度是，首先去接纳，其次设法求变。在这一过程中，把心灵安放在什么位置？只能安放在“当下”和“此处”。

黎明前的收音机

樟木箱子里，保留了不少以前的东西。比如，走得慢腾腾的怀表，不再喧闹的闹钟，磨去了刻度的尺子……阳光射进箱子里，浮动的尘埃也显得陈旧。然而，打开它，我却有一种异样的感觉，仿佛时光在回溯，每一物件都像一颗火星，引发记忆燃烧。

我把它称为“百宝箱”，最近，从这“百宝箱”里，我淘到了一只收音机。

在一个收音机为唯一家电年代，我父亲早晨四点起床，吱碌吱碌地开始抱着收音机调频。这声音出现在黎明前，格外响亮清晰，“××人民广播电台”——声音像大雾一样弥散在每一个早晨。

撬开收音机的后盖，则是那个年代大多男孩神往的一件事。电路板像神秘的地图，板上的一个个电阻，犹如一座座城堡一样闪着光，抓住男孩子们的好奇心。

新的一天，都在这只收音机中开启。黎明前的薄雾中，父亲手中收音机的声音，比屋后鹧鸪的叫声还早，随即，一头猪开始哼哼唧唧地矫情自叹，鸡走出笼子预谋唤起朝阳的合唱……乡村的声音逐渐一并汇集到耳边，牛要担着犁铧下地了，犁铧划在砾石上发出尖锐的声响，人的声音，畜的声音，鸟的声音，风的声音……

众声喧哗，而众声之上，收音机的声响仿佛是无所不至、穿透一切、统领驾驭的灵魂。

令人陶醉的是母亲用锅铁刮锅的声音，经过一夜，辘辘的饥肠懂得锅铁刮锅的意味，终于等来了早晨，那甜蜜的感觉，触手可及，烙在枕边。有时，它尖利，尖利地划破收音机里女中音的软语呢喃；时而，两种声响混合在一处，物质与精神的双重安慰，在一个早晨随着似乎嘈杂又有点和谐的音流款款而来，让一个男孩略带不安地领略着生活的眷顾。

我至今仍无法描述那种美好的感受，只是觉得它与我读到梭罗《瓦尔登湖》的这个句子时的感受相似：“牛蛙鸣叫，邀来黑夜，夜鹰的乐音乘着吹起涟漪的风从湖上传来，摇曳的赤杨和白杨，激起我的情感使我几乎不能呼吸了。”

等待父亲出门，然后打开收音机的后盖。隐秘的部分裸露出来，红红绿绿缠绕的细电线和褐黄色的管儿，排列在电路板上，有点像作战用的沙盘。每个管儿起什么作用？这个问题，特别令人好奇，有类于指挥官看沙盘时揣测每个堡垒里有多少个敌兵，这只是神秘世界的冰山一角。能拆的拆下来，再安上去，电线剪断再接上，这是一个男孩子乐此不疲的事。

我家邻居是位老汉，得空就坐在我家客厅，显然他有某种目的。有一天，终于实施了，他奋力用手从收音机合缝的地方想把它掰开。他尴尬地对刚巧回来的我父亲解释，我想看看里面的人到底多大？他没法理解无线电波，而是坚信收音机里面有一个说话的人。

几乎是所有课外知识，我都是从收音机里获取的。评书，世事，重大新闻、歌星、影星、广播剧，从一个小匣子发出，让生活变得丰富和灿烂。通过它，我几乎听遍了所有的评书，评书是我最初的文学乳汁，评书里的人物形象，至今在我脑海里栩栩如生……

现在，当我回想起当初，印象里最深的就是黎明前的收音机。打开收音机，犹如打开了幸福的闸门，生活的洪流裹挟着一切让人愉悦的因素，在吱吱的调频声中滚滚而来，无可阻挡。

你的样子

回乡过年时，偶遇小学一位同学。同学开口就问：“教我们小学四年级算术的张立春老师得了绝症，你知道不？”我说不知道。离乡几十年了，偶尔回乡探亲，也是匆匆地来，匆匆地走。临别时，同学给我留下张老师的手机号码，扔下一句话：“你一定得去看看，那时，他对你最好。”

回到城里，我记挂着张老师。这是位给我留下很深印象的老师，我父亲早逝，他对我同情，打早饭时，常给我留一个馒头。我算术成绩不好，他夜里给我补课。作为一种提醒和激励，他用小木块给我雕了个章，章上刻的是“好好学习”四个字。他让我把章盖到所有自己能看得见的地方。于是，作业本、课本、书包、课桌板凳，甚至我家的墙壁上，一时间都印上了“好好学习”四个鲜红的字。

拨通老师的电话，我的手抖得厉害。30年后，熟悉的笑声，还是那么爽朗，只是有些有气无力。一番悲欣交集的感慨之后，我说：“我得去看您。”电话那端沉默了一会儿，然后是委婉拒绝：“有这份心意就够了，你有事业、孩子、家庭，再说你来还要过江，千万别来。”我说：“江上修了桥，现在过去很方便。”好说歹说，电话那端，始终一句话："你听我的，千万别来。"

周末，我过了江，到了安庆。打电话给老师，老师有些生气："你怎么搞的？现在一点都不听话？我记得你当年是班上最听话的孩子。"我说："我都已经过江了。"他的口气变得严厉："你怎么不听我的？赶紧回去！"30年后，这口气，还是让我心有余悸。

大概意识到自己态度生硬，他的语气缓和了下来。感觉得到，他在运足气力，顽强地笑着。忽然，向我提出一个要求。这要求让我颇感意外。他说："你可记得我当时的样子，你把我当时在你心里的样子描述一下？"

我描述着他的样子：

"您当时刚从部队退伍回来当民师；您勤奋好学，自学了大学课程；您非常注意自己的形象，穿着一身草绿色军装，总是不忘扣风纪扣，哪怕是天热；您高大英武，声音震得我们耳朵发麻；您的眼神像钉子一样锐利，令人胆寒；您在小黑板上带我们一道演算，总不时回头，看我们是否做小动作……您是我们当时的偶像。"

听完了，老师快乐地笑了，继而跟我开玩笑："这就对了嘛，我当时的样子很'上进'，现在面目全非了，现在的样子很'颓废'，你也不必去猜测我现在是什么样子了，总之，留在你们印象里不好。"

瞬间，我明白了，他真的不想我去看他，他不想让他现在的样子保留在学生的记忆中。清贫的老师，在他的身后可能不能留下什么，他只想留下自己年轻时美好的样子。这是老师最后一点"私心"。我没有理由强老师所难了，我说："我听您的，现在就回去。"

回到所在的城市，我买了大包小包的补品寄过去。我和邮局的服务员很熟，和她谈老师。我说："我老师勤奋好学，穿着一身草绿色军装，高大英武，声音震得我们耳朵发麻……我永远都会这么说的。"

这就是你的样子，定格在我心里。

1976年的那只鳖

周日早晨，春天的阳光热烈地拥进窗户，我开始读书了。那时我读小学三年级。父亲突然走过来说，今天咱们不读书，今天咱们去钓鳖。

我的心都快飞起来啦！一边是死板的书，一边是生动的鳖，你说我会选择谁呢？先和父亲一道去肉铺买半斤猪肝。走在青草返青的路上，父亲跟我说着鳖。他说："在《本草纲目》里，鳖叫'团鱼'，又叫'神守'，不但味美，还能治很多病。"

跟在父亲后面，我担心突然飞来的快乐会突然飞走，所以一直奉承着父亲，把父亲套牢，我说："鳖这么好，谁不钓鳖谁是傻子，还是我父亲不傻！"父亲听了哈哈大笑。

池塘边的垂柳开始发芽了。柳树下，父亲掏出许多大铁钩。铁钩系在尼龙丝上，尼龙丝的另一端系在竹片做成的"桩"上。父亲用小刀将紫红的猪肝分成小块，钩子钩进去，被猪肝包住。

做好了，父亲开始下钩，他拿起一块块"小猪肝"，往水塘里扔。咚的一声响，"小猪肝"开始潜水往塘底沉。二十几声响后，父亲就坐在柳树下看表，等着鳖来报到。他咧着嘴，兴冲冲地看着水面，吩咐我："回头叫你妈妈准备一口大缸，把钓的鳖养起来。"

父亲的心真大，他是不是想把一池塘的鳖都钓起来呢？

开始起钩了，一只只的钩子拉出水面。可是，除了水面冒一阵水泡，什么都没有。类似的动作重复了无数次，从上午延续到下午。

父亲终于气馁了。

夕阳快下山的时候，父亲的情绪由气馁发展到绝望。他坐在塘边，突然，看着水面不动，说：“我怎么就这么无用，我连一只鳖都钓不到，我真想一头扎进水里算了。”

我吓得不轻，又想不明白父亲为了吃一只鳖怎么这样要死要活。于是安慰父亲，不吃鳖没关系，只是可惜了半斤猪肝。父亲很生气：“不是我要吃！昨天回老家，你奶奶的脚踝肿得穿不上袜子，说好了明天送鳖给她消肿。”我知道，奶奶到了晚年，患着严重的肾病。

该回家了。父亲突然在沉默中爆发，他眼睛一亮：“你可记得塘后洗衣石下插着一个桩一直没拉？”是的，我也想起来了。我和父亲飞跑过去，父亲一线在手，幸福地大叫：“鳖啊鳖，你终于来啦！”

果然，一只硕大的鳖从水面露出头。鳖青面獠牙，小眼凶狠，逼视着父亲，父亲吓得连连后退。从塘埂到水面有一大块淤泥，父亲把鳖往上拉，鳖用四肢蹬在淤泥上往后蹭。父亲担心一用劲鳖会脱了钩，于是父亲和鳖像在拔河。

僵持了很长时间，父亲把尼龙线交给我，他要下到淤泥里，把鳖捞起来。

夕阳下，父亲瘦削白皙的双腿插在淤泥里，像两节藕，这幅图景一直到现在还保留在我的记忆里。当时的父亲，惶恐不安，一个瘦弱的书生要去迎战一只张牙舞爪的鳖，心理压力是有的。

鳖拿在手，突然鳖一回头，随着“啊吔”一声大叫，鳖被扔出了很远。父亲站了一会儿，探索着，最终，坚定地拿住了鳖。时光定格下来，在父亲的一生中，这仿佛成了一件重大的事。

1976年春天的一个黄昏，父亲终于钓到了一只叫幸福的鳖。

晚归的路上，弥漫着油菜花的香味。皓月当空，父亲异常兴奋，说着少年时在故乡的事，他说他曾经用一根细竹竿赶走了一只大灰狼。回想刚才的情景，躲在他身后，我乐不可支。

古意悠然

美国《生活》杂志的记者杰克·伯恩斯曾给齐白石先生拍过一张照片。照片是黑白照，色调虽然单纯，但光与影、明与暗的对比却很强烈。画面上白石老人长髯垂胸，戴一幅圆圆的黑边眼镜，宽袖长袍。他悠然自得地坐在藤椅上，身边是个八九岁的小男孩，与他悄悄说话。身后的墙上，挂着白石老人自己的画作，虾、蟹与荷叶在纸上栩栩如生，自由自在。

有一句话，附在照片之下，应该是某位杂志编辑的感慨，表达的意思有点怅然，他说："现在的人，已经找不到那种古意的悠然了。"

现代生活日新月异，快节奏且富于变化。一味求变，往往令人心中焦虑。苹果公司在 iPhone 4s 之后，很快就出了 iPhone 5，可是用户觉得 iPhone 5 是为了变化而变化，那点变化没多大意义，犹如跑步机上的奔跑，在运动——在原地运动。现代人的生活就是这样，在焦虑中求变，又在求变中焦虑。

而古意中生活的人们，似乎都在演电影中的慢镜头，你看水墨丹青，你看宽袖长袍，似乎都很慢。古意中人，周边的因素相对稳定，人们心中没有对突变的不安，坦然释然，因此有了悠然，

有了自在。

于是，有今人从古意中寻找价值。照理说，辜鸿铭是最不应该在古意中生活的，他生在南洋，学在西洋，婚在东洋，仕在北洋，会9门外语，获13个国外博士学位。可是他在北大任教时，拖着长长的辫子跟学生大谈中华文化，样子食古不化。有人说他的古意装束是带泪的表演，出生在一个不幸的时代，他为中华传统和炎黄文明的失落深感忧患。有一本书叫《张文襄幕府纪闻》，是他的笔记。从中能听到他的叹息，叹息源自他对中国古文化的自尊与守望。他是否想用一种复古的方式，从传统文化中寻找一种力量，一种亘古不变的永恒价值，来改变当时古老文明式微的境况呢？

当然，古意更多时候是一种情调和趣味。

近读叶兆言一段很短的文字，写的是画家丰子恺。他说，自从有了火车，一个旧时代结束，一个新时代开始了。时间开始有了全新的意义，却仍然还有不同的理解。丰子恺先生从家乡去省城，乘火车只要四小时，可是宁可坐船。坐船要四天，他认为这样可以看到更多的风景。

丰子恺先生是否执意生活在旧时代呢？倒也未必吧。坐船，四天的行程，沿途的风景，是艺术的启迪和情趣的发酵。此情此景，容易让一人想到了“散发弄扁舟”，想到了“桃花潭水深千尺”，想到了“杨柳岸晓风残月”？在悠然的古意中，更能生发文学与艺术的想象。或许，那时的丰子恺先生就明白，时间的快慢并不代表一切，工业文明也并不能涵盖一切美感。

最近我去了趟平遥，这是一座保存完好的古城。几乎全世界的各种肤色的人们都到这里来寻找什么。我由此相信，在几千年的文化积淀中，有某种永恒的价值经久不变、代代传承，穿越着时空隧道，宽袖长袍地来到今人的身边，让人沉醉或向往。犹如一轮古月被诗人们咏叹千年，梅兰竹菊被画家们描摹至今。

走进这样的古意，我仿佛回到了昨天。

追逐江南

为什么江南是我的灵魂之乡，心愿之所？我也常常问自己。除了她的阴柔、空灵、淡远，契合了我性格中的某种成分。此外，还可能是因为我不能忘怀童年留下的深刻记忆——一双阳光下闪闪发亮的白色木桶。

我的家乡与江南仅一江之隔，儿时却以为江南远在天涯海角。只知道江北的女子到了待字闺中的年龄，思春的季节，便要和羞来江南走一遭。名曰采茶，实则置办嫁妆。我的故乡只产挑着书箱四处赶考的读书人。土地却贫瘠，少物产，丘陵地貌，乏高山丛林，木器珍贵。女子出嫁最风光莫过于身后有红光闪耀的"三盆两桶"做陪嫁，尤其垂涎它们是由江南的杉木材料刳成。

江南盛产木材，是江北女孩的圆梦之所。山高水长，当年一茬又一茬的江北的青春少女，心中有爱，不畏险途，踏平荆棘，来办一件人生的大事。少女多是未出过远门的，第一次离家实在叫人担心。这种情形下，母亲难免哭哭啼啼，父亲总要把女儿叫到跟前，表情庄重地嘱咐几件事，少女则在亲友们的劝慰和祝福声中登上远去的汽车。她们要去江南！未来的路与注视的目光，把她们塑造得果敢且坚毅。

我常常被这种戏剧氛围感染。我小表姐就是这少女队伍中的一员，我们用这样盛大的场面把她送走。不久，茶季过了，又隆重地把她迎回。总在那么一天，我姑妈全家出动浩浩荡荡向车站进发。当那辆班车出现在视野时，我们几乎等待了一天。其间，一群贫困的大人一直在兴奋地谈论，话题就是江南富饶的物产，同时寄希望于我表姐，把整个江南当作盆景搬回家。

表姐果然不负众望，下车的一刹那，简直让人惊呆了，那神采就像总统走下飞机的舷梯。姑父姑母互相搀扶着才不至于晕眩过去。只见表姐胸前挂两只白色的木桶，它们给一个男孩留下了终身的印象。身后挂两只小提桶，两手拎四只木盆。像得胜后，打扫战场回来的贪欲的士兵。而且大件还在车顶，那是一只硕大的木箱。打开木箱，更令人目不暇接，一包包茶叶、江南小吃，塞了满满一箱子。我表姐简直就是阿里巴巴，打开了大盗的宝库，悉数带回了世间的珍宝，令人目瞪口呆。

当然，我表姐也没有辜负我接送的殷勤，送给我一只白得发亮的小木盆。用这只江南的小木盆，我装模作样地学会了洗脚。

现在，我已漂泊到江南，定居下来，而且一居好多年。

江南在悄无声息地滋养着、厚馈着追逐她的人。君子爱茶，有事没事，品茗必过三杯。江南的茶吸天地灵气日月光华滋心润肺让人耳聪目明。在江南，用一只茶杯，一年四季可以浸泡整个春天。冬天的炉火，江南最旺，炉火远比空调暖得更有个性和人情味。充足的木炭，由黑黑的块垒，到红红的火光，到白白的灰烬，一种叫木材的生命，辉煌的过程，显示有尊严的事物面对严寒的温度和力度。红红的炉火，是江南的民俗，从浓浓的民俗下走过，江南的冬天最温暖。

吃粽子，划龙舟，会相信当年屈子行吟江畔怒问苍天心忧的天下，一定是江南的天下，屈原自沉江底怀抱的也不是石头，而是沉甸甸的江南。江南蚕桑之事最盛，桑麻之乐最浓。“女桑”一词不知源自何时，对于《诗经》的阅读，有可能回溯到关于桑树和女人的久远回忆。但是，江南中的桑林，桑林中的江南女子，还有她们健康的爱情，更直观，更具有抒情和想象的魅力。“女桑”增添了江南的阴柔之美，桑林中的舞蹈不可抗拒地抵达内心，江南媚眼动人。

至于烟柳人家，雨巷石板，南塘采莲，江渚捞月之事就更不必说了。

只有追逐到江南，我才会重读李白《秋浦歌》的组诗，才理解他为什么要发“白发三千丈，缘愁似个长”的悲声。江山美好万年依旧，人生再风光也不过短暂一瞬，叫人如何不伤悲？行至桃花潭边，我止步了。在一座山上，我拜会了岳飞的塑像，体会到他一千年的雄心和焦灼。我听见末路英雄的悲歌化作天风一声声浩叹不已，一个男人金戈铁马心雄万夫的壮美，既可以彪炳史册，又可以启迪在红尘中只为稻粱奔走的大众。另外，踯躅杏花村边，我弄清了杜牧《清明》诗里，顽皮的小牧童那著名的一指，指向了何处……

江南的山水是我的宗教。我与朋友相约，打算徒步旅行，访遍名山大川。即使踏遍江南的山水，我仍然走不出江南的土地和星空。江南，也绝不会辜负任何一个追逐她的人。

雨中相遇

一连几天，大雨像瓢泼一样往下倒，从没见过下这么大的雨。一会儿，电视新闻就有了消息，这里洪灾最严重。一条条街道积了很深的水。

雨歇间隙，一位朋友提个透明的塑料袋来我家，袋里有几条鱼，鱼竟是在街上捉的。

雨停的时候，我需要去一趟单位，看看办公室里积水没有，因为我的办公桌抽屉里有我评职称的资料，这资料对我来说很重要。去单位的这条街，水深过膝。我挽起裤管，急匆匆在水中向前摸索。单位在近郊，这条街平时少人走，此刻水中就我一人。一片汪洋泽国，正好诠释伟人的一句词："大雨落幽燕，白浪滔天。"

我正往前走，突然一个人对我大声喊叫。他走过来说："你很危险，你没看见有几处拉了绳子，你竟然跨了过来，你应该绕道从另一条路走。"原来，为了排水，这里几处窨井盖都打开了。我说我有急事得赶去单位，绕道恐怕会误事。他厉声地说："我现在负责这一路段，不允许出现安全隐患。"见我没有后撤的意思，他想了想说："这样吧，我牵你过去，我今天牵过去很多人了。"

水中，我们边走边交谈，灾难面前，人与人的心靠得很近。我没问他是那个单位的，但我知道他是抗洪抢险的。他说，这些天，他一直没睡觉，发起了大水，就有很多的事要做。他这几天做了很多的事，排水，把相关人员转移到安全的地方，负责行人的安全，提防危房坍塌，查看道理桥梁有没有毁坏，查看江堤有没有隐患，这些都是他的工作范围。

说着说着，他突然停住。我看他时，发现他嘴唇和脸色发白，额角流虚汗。我问他怎么了，他说没什么关系，可能是因为几天几夜没睡觉，感到有些虚脱，双腿发软，像要倒下。

这时，微雨又开始飘起来，我从没见过这阵势，在这种情形之下，我有些着急，又感到相当紧张。我问："兄弟，要么我送你去医院？"

话是这么说，身边又没有出租车，行路都很困难，我怎么送他去医院啊？说真的，我只是希望他能挺住，并尽快好起来。

他自己对自己的状况也没有多少把握："不用吧？不就是几夜没睡觉有些疲倦吗？"他像在问自己。

突然，他抓住我的胳膊，声音很低地说："这样吧，我借你肩膀靠一靠。"

站在水中，我们的裤子全都湿了，我撑着伞，心里满是担心。风吹过来，雨洒过来。我稳稳地站着，好让这位兄弟靠在我的肩头好好地休息会儿。

一会儿，他感觉好了。他说："真不好意思，真是没法子，抗洪不像其他的事，几天不睡觉是小事。最头痛的是，到处都是水，没地方蹲，没地方坐，更别说睡了，这样最容易让人感到疲劳，而且疲劳没法缓解。"

我到单位的时候，他嘱咐我回去绕另一条路，因为这条路积水深。

握手道别，他拍拍我的肩膀说："兄弟，谢谢你的肩膀，让我靠了好一会儿。"

其实，需要感谢的是他们，大雨来临，正是靠在他们的肩膀，市民才获得了安全和方便。

心之路

从一个饭局下来，我发现自己有点头重脚轻——喝多了。于是拦下一辆出租车。

的哥 40 多岁，慢悠悠地开着车，很健谈。聊得最多的还是他的儿子，儿子今年参加了高考，考得很不理想。这位老兄一脸的沉痛和惋惜："玩掉了！混掉了！"

据他说，儿子本来成绩很好，可是后来跟了坏孩子，迷上电脑游戏，家里不敢玩，就偷着上网吧。他用皮带抽他。可是那孩子像中了邪，怎么教训都没有用。

说着，说着，他突然把车停下来。

有两个染发的少年站在路边。那一瞬间，我很不愉快：怎么能中途再捎人，赚双份的钱呢？在我不快的一瞬间，一个少年开口了，要去一个居民小区。的哥点点头，他们上来了。

一路上，我不再说什么，司机也歇了嘴。其实到那个小区稍拐一下也就到了，我回家只是睡觉，也并没什么急事。可是心里感到纠结，觉得的哥这样赚钱不地道。

指定的小区很快就到了。两个少年很快下车。奇怪，下车时他们没有付钱的意思，这个的哥也没有收他们钱的意思。

当车里只剩下两个人时，的哥的话又续上了。他很周到地向我表示歉意，而我的疑问在于：他怎么就不收他们的钱？

的哥笑了笑，这是常有的事。他说，这是他们回家的路线，他扭头朝我看了一眼，着重强调“回家的路线”。只要是他们回家，无论车里有没有人，他们给不给钱，他都得捎上他们。

“相反，如果是去网吧、迪厅、酒吧或者其他什么娱乐场所，我‘嗖’一下就过去，无论车里有人没人，就是给双倍的钱我也不载。”他看看我说：“区别在于上哪儿的‘路线’，我心里的想法，你明白吗？”

无须多说了，我点点头。我知道的哥所指的这条路线，关系一个孩子和一个家庭的幸福。

第一次“摘菜”

进办公室，就见一群人在网上鼓捣。我走过去问：“又在‘偷菜’啊？”他们说，“偷”字不雅，现在不叫“偷菜”，改叫“摘菜”了。我说，那“小偷”改成“小摘”算了。一群人一起笑起来。有人问：“你‘摘’过吗？”我说我在高中都开始“摘”了。

第一次“摘菜”，那是真正在菜地里“摘菜”，一想起来，我就偷偷地笑了。

那时，身体正在发育。时时感到肚子是空的，见了一头奔跑的猪，就能联想到一盘红烧肉。下晚自习时，尤其感到饿。我的同桌叫刘小敏，他在学校附近租了一间房。我寄住在我大姐家。下晚自习一道走过一片菜地，刘小敏说：“我那儿有锅、香油、盐、味精……”

他满以为我能心领神会。我当时却以为这家伙脑子坏了：拿这些破东西来炫耀干吗？他很生气：“你要是装就装下去，不装现在就搞。”他指了指菜地里的卷心菜。我一下明白过来了。月光下，我们彼此紧握着手，心照不宣，就像是找到了组织，找到了志同道合的同志。

蹲在菜地沟里，意见又不能统一了。刘小敏认为，自己提供了锅和油盐之类，摘菜就由我来搞定。我则坚持，摘菜最不容易，否则你刘小敏自己就单干了。两个人的心都咚咚地像在打鼓，太紧张了，这是失足前的犹豫和挣扎。最后意见统一了：刘小敏把菜拔出来，由我运走。

怀揣一颗卷心菜，突然间，我的大脑一片空白，没怎么想自己就从菜地里窜出来，一窜就窜出一里多地。其间，风声鹤唳，毛发直竖，路人的每一声咳嗽，都像是冲着自己来的。等到把菜吃完，我们发誓不再干了。可是，当第二天下晚自习后，没有谁提示，我们又共同走向了菜地沟。这就是堕落，有了第一次，就有了后来的N次。

我们那时的幸福生活，就是下晚自习后的一锅水煮白菜。

动作越来越娴熟，心理压力也越来越小。两个人心怀鬼胎蹲在菜地沟，等待观察几分钟，若有人来，就装作“方便”；看看四下无人，拔出菜，撒腿就跑。

后来，是一块大石头，结束了“摘菜”游戏。也就是这块石头，让我意识到小小的恶，哪怕是“摘菜”这样的事，也包含着大大的风险和随时可能到来的惩罚。

那夜月光如银，彼此心情很放松地蹲在菜地沟，准备行动。就这时，咚的一声巨响，让我们魂飞魄散，一块大石头砸在刘小敏的脚边。这块大石头有脑袋那么大，一看惊心。惊慌之后，我们俩都感到很悲愤：不就摘颗菜吗？竟然用这么大的石头来砸！

我让刘小敏“哎哟”地叫唤，刘小敏于是开始呻吟。我大声叫：“不得了啦，砸死人啦！”就这时，在菜地里潜伏已久的那条黑影蹿出来。这回，轮到他惊慌逃窜了。

我目送着这条黑影窜出了一里多地。

很多年了，这块大石头一直在我梦里，经常咚的一声将我砸醒。

读自己的日记

每年，我都记一本日记，里面是些柴米油盐类的小事。小人物记小事情，似乎天经地义。我把我的日记命名为《小人物日记》。

很巧，我的手头有一本书，也叫《小人物日记》，英国人乔治·哥罗斯密写的，还是一部名著呢。钱锺书1936年到英国，于旧书肆淘书，偶得此书。读后的感觉是“叹为奇书，绛亦有同好”。夫人杨绛也认同这是一本奇书。其实，这书的内容并非高头讲章，而是一地鸡毛。

一场大雪飘然而至，我意识到又是一年将过去。翻开今年的日子，我发现一本厚厚的日记本上，我着笔最多的是两件事。其一是戒烟，其二是散步。如果矫情地说：“我的2010……”大概就这两件事我做得最成功。它们给我成就感。

很多熟人，在这一年里进步很快，有人升副处了，有人买别墅了，有人买车了。人生到了40岁，忽然发现身边有了令人心惊的变化。此前，同龄人，都是踩着自行车上下班，在单位也都是孙子辈，见了面脸上的表情都是一致的。40岁后，仿佛一觉醒来，一切都变了。你一如既往地蹬着自行车时，就发现了这种变化，有个人把豪车停在前面，摇下车窗玻璃叫你，这人目视前方，器宇轩昂……其实就是你住单间宿舍的邻居。

当然，我更在意的是自己的生活。戒烟和散步，在小人物的

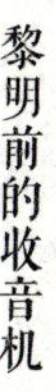

生活里，是翻天覆地的大事。戒烟对烟民来说，意味着告别了不健康，是生活方式的革命，让人有脱胎换骨的变化。而散步，有人说是“低碳生活”，我说是“反向生活”。借助交通工具追求的快速，而我散步追求的是慢速。从A点到B点，有人非有车不能抵达，而我迈开双脚就到了，你说谁更牛呢？

为此，我在日记里没少表扬自己：“你真行，说戒就戒了！”还自问自答：“走了那么远，你不累呀？不，一点都不。”当然说自己好话的还远不止这些，“嘿嘿，一年出一本书，这几年的时光没有虚度啊”。你看，我显然有点得意。见过我的人都说我低调，从日记里看，我也是个有虚荣心的人，只是把它放到了暗处。当然，适度的虚荣心也使人进步。

回望一年，觉得匆匆而过，很平淡。但是，读自己的日记，发现琐屑平凡的生活里不乏趣味。

去往平天湖散步的路上，我记录了一个奇怪的现象：“走到某个地点，总有一只鸟朝我飞过来，仿佛有约定，数天如此，为什么？”后来揭秘“附近一棵树上有个很隐秘的鸟窝”。生活的魅力，大概就是由这些一个个、小小的、有趣的发现构成的吧。

有时想，若是另外一个人读到本日记，会有多好奇，会发现记日记的这个人是何等真实、坦率、可笑，甚至可爱。

我很珍视自己的日记。我正在看一本《欧洲民俗史》，我想，平民日记，正是民俗史的构成部分。时代的光与影，在一个小人物心灵成像。打开它，扑面是生动鲜活的岁月画面和生活气息。

7

第七辑

安静地居于一隅

怀念大碗茶

气温升到了37摄氏度，去单位的时候，我听见两位环卫工人在议论。一位说，渴得嗓子冒烟，真想买瓶水喝喝。另一位说，你傻啊，几口水用一塑料瓶装着，就卖一块五，跟抢钱差不多，渴死也不买。前面那位改口说，对，省下来，给儿子买只冷饮。

这令我诧异，饮料与矿泉水，平常我们拿在手里，从来就没考虑过价格；而今在另外一些人那里，正是因为价格，竟然渴得嗓子冒烟，也得舍弃。

一瓶饮料几块钱，最便宜的矿泉水也得一块五。工人一天能挣多少钱？这笔开支他们当然能省则省。我想起了一种饮料，绝对是平民的饮料——童年时，五分钱一碗的大碗茶，任何普通老百姓都消费得起。

在我的记忆中，童年时，凡是有集市的地方，都有卖大碗茶的茶摊。油布拉起一个篷子，遮住头顶的烈日，篷子下摆两张桌子，桌子周围摆上四张条凳。南来北往的客，迎着南来北往的风，摇着大蒲扇，喝着茶，聊着天，是一种小憩，又是一种享受。

碗很大，是那种青花瓷的蓝边碗。端在手里，沉甸甸的，很实在。凉凉的茶，一通牛饮，消暑解渴，畅快淋漓。用来煮茶的

茶叶，并非佳茗，都是粗茶，很普通的大叶茶。但熬得很酽，酡红的颜色看起来诱人，喝起来汁浓味也美。

有些讲究的，除了茶叶，还放些菊花和金银花。菊花和金银花，性凉，都是消暑的佳品，放入了菊花和金银花的大碗茶，有一种沁人心脾的香味，清凉的质感顺着喉头慢慢渗入体内，让五官和身体无一不通泰、无一不舒爽。

前段时间，看电视里澳门“大声公凉茶”，茶的制作和色泽等，与我记忆中的加了菊花和金银花的大碗茶很相似。所幸的是，在澳门街头至今还保留着这个卖凉茶的店铺，一百多年了，给那些在酷暑中奔走的人，以大碗茶清凉的安慰。

“价廉物美”安在大碗茶身上很妥帖。它是劳作的人们热爱的茶，劳动的人在烈日下挥汗如雨，但收入微薄，五分钱甚至更便宜的大碗茶因此受欢迎。茶摊子里，他们取下草帽，从兜里随便掏出个硬币，就可以喝下清凉的一大碗，想一想，有多实惠和滋润！

有时，我不明白，先前那些好东西为什么就留不下来呢？其实幸福很简单，比如，大碗茶。

前两天有个亲戚来此地找生意做，我让他卖大碗茶。他说，卖大碗茶如果当慈善来做，可以。如果当生意来做，就等于往水里扔钱。你要是搞个茶摊，那叫占道经营，城管不允许；要是租个店铺，租金要三五千，你卖茶充其量一月不过三五百。

想想也是，《茶馆》里的王利发，那么精明的一个人，苦心经营着小茶馆，最后还得关门歇业，何况旁人。

现在我家的门前也有几处茶馆，但面向的不是普通老百姓。茶贵，且不是卖茶，而是卖情调。另外，假茶之名卖一些跟茶无关的东西，有的甚至是一些勾当。

我还是以为，真正的大碗茶对酷热中劳作的人们来说，是实惠和福祉。因为无利可赚，这样的事物，只能停留在记忆中了。

看着我

墙角下，一个孩子的脸在路灯下一闪，我感觉他在看着我。

果然是，他要朝我下跪。我说，孩子，你不可这样，有什么要求就说吧。一张口，就听出外地口音，他说，叔叔，你能不能给我三元钱，我买个冷饮给妈妈吃。

不远处，是他母亲，在墙角下蜷缩成一团。孩子说他妈妈正在发着高烧。在孩子的理解中，冷饮是用来降温的吧？

这样的乞求，总让我心碎。我摸一摸口袋，钱包忘在了办公桌的抽屉里，同时我还想起，抽屉里还有一盒感冒药。而我的办公地点离此地不远。我跟孩子说："我给你钱和药，跟我一起去拿。"

孩子一路跟着我。进了单位大门后，在黑暗处，我摔了一跤。这一跤摔得不轻，光照过来时，能看见裤管和膝盖粘在了一块儿，血，渗了出来。

突然，这孩子哭了，他仿佛感到自己闯了祸，抑或是一种秘而未宣的隐情在压抑着他。

办公室里，我打开抽屉，拿出感冒药，并给了他一些钱。他匆匆地想要走开。我把他摁在我的椅子上。看着他。

我说："孩子，看着我的眼睛，好好看着，跟我说实话，妈妈

病没病？”

我感到此刻我的眼睛大而深邃，温和而犀利，透过伪饰，直逼孩子的心灵。

他低下头说：“我是骗你的，妈妈没病，我们都习惯用各种各样的借口骗钱。”

“你想过骗人是什么样的品质吗？你想过你在慢慢长大吗？你想过自己的未来吗？你想过将来在社会上要从事正当的职业吗？你想过长大后要做一个什么样的人吗？……”我一连串地问，孩子一一摇头。我说：“是的，孩子，你还小，可是当你慢慢长大后，你无法回避这些问题，不得不想这些问题。”

泪水涌出了眼眶，我知道他有所触动，此刻心里难过。

我说：“孩子，看着我的眼睛，告诉我，刚才叔叔为什么会摔跤？”

孩子想了想，试探地问：“是不是那块儿黑，看不见？”我说：“是的，你什么问题都没有想过，你的心境就像刚才的暗处，你什么都看不见，肯定要摔跤的。”

孩子似懂非懂，但认真地点了点头。

后来，我想给他们一点更多的帮助。可是，墙角的拐弯处，已不见了孩子的身影。

对于这个孩子，我没有期待这样戏剧性的结尾：若干年后，一位神采奕奕的成功者对着镜头侃侃而谈，童年的某个夜晚，在街头遇上一位好心的叔叔，给了他钱和感冒药，重重地摔了一跤，从此改变了他的人生……

绝大多数人都是平庸的，可能也包括这个孩子在内。我只是希望他在慢慢长大的过程中，不断回味那一夜一位叔叔的眼神，进而摈弃欺骗，和叔叔一样，做个诚实的庸人。

夏夜的奇迹

夜，黑下来，像一块巨大的琥珀将我们嵌入其中。光与声在游移，孩子的心，像敏感的雷达，捕捉蛛丝马迹，捕捉夏夜里发生的奇迹。

夏夜，是一位魔术师，先渲染一片黑色。继而，这片黑色犹如黑布一抖，蓦然间，在天上撒下点点的星星，在地上抛出闪闪的萤火虫。热气在田畴上升腾，水稻在熟睡，萤火虫一眨一眨，不知在寻找什么。萤火虫有发亮的屁股，这是世界上最神奇的屁股，带着亮光飞行，飞飞停停，犹如外星来的神秘的飞行器。

我们每个人带一只玻璃瓶，玻璃瓶是注射青霉素的遗弃物。在青草与水珠铺满的田埂狂奔，我们是萤火虫的杀手。当萤火虫填满这只小瓶子时，瓶子变得通体透亮，放在眼前，照亮了脸；合在掌心，照透了骨骼和筋络，像拍 X 光片；系一根线，提着在脚前走，照亮了崎岖的道路。脱下唯一的短裤，在田间奔跑，我们大声地尖叫，脚尖带过哗哗的水声。哦，爸爸，我的短裤不见了。哦，为何又在你的手里？

奇迹发生在池塘边。老牛蛙，始终扮演帕瓦罗蒂，它要在大幕拉开时，第一个演唱。这只牛蛙一定是公的，蹲在池塘最深的

洞穴，它一吊嗓子，就引起一阵女“粉丝”的骚动。转眼间，虫豸与飞鸟的鸣叫声流布大地，各种声部一起合奏，夏夜星光下的大地，像留声机的唱片，跳动着无法分辨的音符。还得回头说说那只老牛蛙，它与在“粉丝”团唱和时，多次遭遇强手电光的照射，瞬间傻了眼，于是有了七擒七纵。孩子们的听觉里，离不开它的美声，众声也离不开它的领唱。

有时候，奇迹来自一条寻常的水沟。星光下，一群小鱼和小虾弄出窸窸窣窣的水响，有月光时，它们力争上游，如果月亮躲到了云里，一场喧嚣演变成了秘密集会。闹翻的时候，又会上演一场兵变，鱼欲主宰乾坤摆动大尾，虾像勇士挺着长矛，蟹提两把钳子，看上去很猛很犀利，一只龟踱过来，大度得像个丞相，在水草边踱来踱去地观阵。拿一张渔网或者一个簸箕，捞下去，捞上来，小鱼和小虾跳跃于其上，它们发亮的鳞片在月光下闪耀，一个孩子收获的不仅是口福。

水果成熟的气息，也会在夏夜奇迹般地传递给我们的嗅觉。左邻的桃子，右舍的李子，在燥热的夏夜，犹如待字闺中的女孩，涨红面庞害羞待嫁。黑夜是最好的掩护，上树，采摘，传递，被发现、被追赶，逃离。转眼间，树上的桃子奇迹般地落在我们的掌中。为了掌中的这点“奇迹”，往往需要逃逸数里，在“小逃犯”的脑海中，不停闪过这样的情景：碧空明月，婆娑树影，一条狗尾随其后狺狺不已……

夏夜，奇迹像野花一样随处盛开。你听，一声咳嗽，几声犬吠，夜色中走来一人，或许，这个人就是来跟你讲一段不远处已经发生，或正在发生的故事。

隐忍在都市

一位很要好的朋友，几年前北漂。我们一直联系着，他一直希望我去看他。前不久，我去北京，想顺便看看他。不想，他支支吾吾婉言拒绝了。

我想，他一定是有难处，而非时间的砂轮磨平了他昔日的真诚与豪气。

果然，另一位朋友后来告知了原因，我的好友去北京后，一直住在地下室，而且一家人就住在 20 平方米的一间。他很爱面子，此前他从没有告诉我这些。他想隐在都市，不让熟人朋友知道他目前的处境。

都市的房价那么高，令外来的异乡人望而生畏，可是，为了理想和人生价值的实现，那些漂泊的人不得不把对生活的需求压低到不能再低的水准。心中的目标和都市生活现实的矛盾，让一群人在都市漂着的同时，因为面子，因为尊严，因为“一定要混出个人样”的自我承诺无法兑现，又不得不在都市隐着。

城市的生活成本很高，它兼顾的是整体利益，从不考虑一个人的感受。爱上城市，像爱上一位脾气很坏的姑娘，想情有所依，必须忍受她的坏脾气，忍受她的种种考验和折磨。

亚里士多德说:“人们来到城市是为了生活，人们居住在城市是为了生活得更好。”城市，是否能让生活更美好呢?一位在南方大城市工作的同学说，在城市生活，首先必须忍，生活才美好，没有“忍”，一个人无法孤独地生活在喧嚣的都市中。

他说，最难忍受的是堵车，每天开车上下班得几个小时，看着前面的车像蜗牛一样爬，想着单位和家里一摊子事，心里急得想飞，夜里做梦常常梦见自己长了翅膀，从车里飞出来，自由飞翔。回到现实中，手握方向盘，才知道什么叫忍，也只有忍。

我常常思考，人为什么爱城市?得到的答案是，这跟人的天性有关，我们往往误以为自己只爱宁静，其实是离不开喧嚣的。有人的地方才有真正的风景，人是需要在人群中生活的，这正如博尔赫斯所说的“隐藏一片树叶最好的地点是树林”。

最近，我的一群学生毕业了，在城里好工作难找，生存也很困难。我劝他们去乡下创业，他们的回答是，宁可睡在城市街头的水泥地，也不去睡乡下那张安逸的床。理由是，城市有梦，有故事。

这有点类似卡尔维诺在《看不见的城市》中对于城市魅力的理解。他以为城市魅力的核心秘密在于城市是一个关于欲望与记忆的交换场所，这个交换场所，除了城市，别无他处。“梦和故事”，正好对应“欲望与记忆”。

每天清晨，我迎着阳光跑步到郊外。在路上，每一张被朝阳照耀的面庞都新鲜生动，无论它们昨天是怎样的沮丧和悲哀。夜从城市退去，梦从心中醒来，都市是一个梦想汇集之地，至少在一个旭日初升的早晨是这样。瞬间，我找到了人们隐忍在都市的全部理由。

与树为邻

最近，美国甲骨文公司首席执行官埃里森在打一种奇怪的官司。

1988年埃里森以390万美元的价格，在三藩市高档社区太平洋高地购买了一栋住宅，埃里森极爱此庐，凭窗眺望，可以尽览三藩市湾的壮美景致。

而如今，一种突然的变化让他始料未及。从他家望出去，视线不再像从前那么一览无余，而是被某些东西挡住了。

原来，他的门前2004年来了对波斯默夫妇，他们以690万美元的价格买下一幢别墅。埃里森的别墅在高处，可是这些年，埃里森夫妇后院的树木茂盛生长，三棵红杉和一棵槐树伸出头爬上高坡，遮住了埃里森家的窗户。

这四棵树，相当困扰埃里森。好好的视线，怎么就被挡住了呢？最初，他想以1500万美元的高价买下波斯默夫妇的别墅。而波斯默作为一名清高的大学教授，对此殊为反感："有钱怎么啦？有钱就牛啊？"波斯默只爱自己别墅的位置。

一计不成又生一计，收买不成，埃里森唆使工人偷偷爬过人家墙头去砍树。不幸的是，被逮个正着，还因此被告上法庭。

这些年来，埃里森被四棵树搞得筋疲力尽，无数次的调解磨破嘴皮，而波斯默态度相当强硬，他在心里根本不拿豆包当干粮：树种在我家的后院，关你鸟事？埃里森气羞难平，把官司打到法庭，而且大有不达目的不罢休之势……

其实，与树为邻，有什么不好？我倒是以为，当今的富人患上了两种怪癖：其一，稍有不顺眼，就感觉被别人冒犯，希望用钱来摆平。其二，喜欢搞点与众不同的享受，以为足不出户看风景是一种享受。其实，佳享受惯出“足不出户”坏习惯，真正的风景在户外，在大自然中。

我最近也被几棵树搞得相当郁闷。我现在的新房在一楼，当初，我看中的正是绕屋三匝的许多树。透过窗户，我看到的全是绿色。想起古人对居住的要求是“居有竹”，这一点，我算是实现了。过上了与树为邻的生活。我希望透过窗户看到的都是树，至于更远的风景，我可以走出户外，向它走去。

可是，不久前的一天下班回家，我傻眼了——屋外的树被挖光了。顿时，我眼中缺少了绿色，心中缺少了安静。失去了树邻居，我感觉到家的屏障被人撬走了，温馨感和安全感也随之失去。一打听，原来是开发商把他移到了新建好的楼盘，用来招徕顾客，因为这些树每棵都价格不菲。

我联合几名业主与开发商严正交涉。我这个平时很温和的人，为了树，在那一刻措辞相当严厉。树，终于重回窗前，做我的邻居了。

与树为邻，隔窗而望，心在绿海里荡漾。树是有美好品质的，亦能养心。记得黑塞说过：“树木对我来说一直是言辞最恳切的传教士。”风雨中的树，雷电中的树，谦逊点头的树，顶住烈日给人清凉的树，都是对人无言的教诲。

鉴于此，埃里森有点傻，与其纠缠官司，不如与树为邻，眼中有树与心中有树，都是美事。

说蝉

秋风渐起，蝉的鸣叫也随之远逝。

蝉，我自幼喜爱。偶尔翻阅《中国玉器鉴赏》，其中的玉蝉惟妙惟肖。玉在中国人眼里，是天地精华，沟通天地与神灵。玉雕琢成的蝉，通灵剔透，温润而富有光泽，十分可爱。

上古的葬礼，王侯将相多将生前的珍爱含于口中。含玉，多是含玉蝉，在古礼中称“晗”，或曰“押舌”。河南安阳大司空村殷墓中出土四枚玉蝉，有两枚就含在逝者的口中。

阅读关于蝉的典籍，我渐渐发现，蝉是中国人信仰的徽章。比如，将蝉含于逝者的口中，就是古人基于一种永生的信仰——希望人能像蝉一样，蜕皮而重生。美国古玉器研究专家洛弗尔氏在其所著《巴尔在中国收集之古玉》一书中，对这种现象解释说：“脱离死去之尸体，又开始其新生命，于是蝉遂为代表复活之符号矣。”

英国人类学家弗雷泽写过一本书叫《不死信仰》。他饶有趣味地提到了中国的蝉，他说，在中国的殷商和上古时期，人们像崇拜蛇一样崇拜蝉，所以青铜器上多有蝉的纹刻。日本人滨田耕作在《古玉概说》说得更直白，他说，汉人从蝉的蜕壳复能成虫的现象，悟出转生——再生的道理。

此外，在中国文人的眼中，蝉往往是某种精神象征。南北朝的刘珊，借蝉表达进取精神，“得饮玄天露，何辞高柳寒”，能够饮到玄天露，何妨居于高寒之柳，得到总有付出，付出总有回报嘛。唐朝的戴叔伦则把它当作高洁的信仰，“饮露身何洁，吟风韵更长”，他的笔下，蝉超脱世俗，风韵悠长。

为蝉作为信仰而会心一赋的要数虞世南的《蝉》，“居高声自远，非是借秋风”，他想说的是，人如同蝉一样，居高才能致远，而并非借助外力。我猜测诗人应该是个才华出众的人吧，他对自身的能力非常自信，他信仰的是个人实力。

居高饮露，让古人浮想联翩。单纯的文人，天真地希冀像蝉一样，过一种远离人间烟火的生活。他们在写蝉时，都在写蝉的品格和力量。于是，蝉成了各自不同的信仰，象征居高自远，餐风饮露，超凡脱俗。阅读古诗词，能发现对于蝉的咏叹歌吟贯彻于那些泛黄的纸页，俯拾即是。

《天工开物》有一段民间采玉的记载，写得清新通灵。明月之夜，处子姣好，肌肤光洁，裸身入水，探寻美玉。何等高洁的意境，让人深深沉醉。用这样的美玉雕琢成的蝉，怎能不将有关青春和纯洁的信仰，传递到人的内心？

最孤独的钢琴家

葛芳芳是广东深圳一个再普通不过的妈妈，平时为了生计，她和丈夫都是早出晚归。儿子舒海峰出生后，一直由外婆照顾。那时，年幼的舒海峰不爱说话，不爱跟小朋友玩，也坐不住。上早教课，别的孩子都能认真听课，只有他来回不停地跑，但别的小朋友记不住卡片上的字，舒海峰却可以。因此，当时家人并未察觉不妥。

然而，有过幼教经历的外婆发现有些不对劲，于是带着舒海峰到深圳市儿童医院进行检查。最终，3 岁的舒海峰被确诊为孤独症、三级精神残疾，存在注意力缺陷和手部神经发育障碍等，且智商有所受损。这对一家人来说，犹如晴天霹雳。

生活还要继续，悲伤解决不了问题。虽然儿子有缺陷，但葛芳芳仍然感恩上苍赐给她一个可爱的孩子。于是，她打起精神，请长假带着孩子辗转于深圳、青岛两地做康复治疗。后来，因无法兼顾工作，葛芳芳无奈辞去工作，全职陪伴孩子。葛芳芳十分担心将来孩子，买来滑板、呼啦圈等训练工具，在家帮助舒海峰强化感觉统合训练。通过日复一日地练习，在青岛一家孤独症康复中心接受近一年的干预治疗后，舒海峰有了很大改变，这让葛芳

芳看到了希望。

一天，舒海峰去亲戚家做客，有孩子表演弹钢琴才艺，他挺感兴趣，还想上去按一下。葛芳芳惊喜地发现，钢琴却能让他静静地听这么一会儿。“缺啥补啥，没有什么比钢琴更合适”，葛芳芳决定带儿子去学钢琴，弹钢琴对于手部的锻炼强度大，又能锻炼注意力。就这样，钢琴以一种干预训练的角色作为舒海峰的必修课。小学三年级的时候，由于舒海峰的思维和理解力跟不上，很难理解文化课程知识。正当葛芳芳为孩子的未来焦虑时，钢琴老师向她建议，学习钢琴对舒海峰或许是条更合适的路。

于是，舒海峰将弹钢琴作为未来职业来练习。他对钢琴练习有很强自觉性，除了老师布置的作业，还会自己在网上找曲子练习，每天坚持练琴 4 至 6 小时，从未间断。为了让舒海峰能更好地理解曲谱内涵，葛芳芳在背后为他做大量功课，比如练习《保卫黄河》前，会给他看壶口瀑布的照片和视频，让他感受黄河奔腾的气势，并告诉他人们保家卫国的故事。2018 年，舒海峰因优异成绩得到钢琴大师的指导。此后，舒海峰多次参加了钢琴节目录制。

这些演出机会，为舒海峰提供了展示舞台，也让他自信起来。

母爱令人类进化得越来越优秀，而优秀的孩子令母爱升华到越来越圣洁的境界。最孤独的钢琴家并不孤独，只因背后有位坚强的母亲。因此，无论遇到什么困难，父母与孩子都不要轻言放弃。

敬畏

傍晚散步，走到一处，我停下来，心中感到悲哀。此刻我听到了巨大的水泥搅拌机和打桩的声音，声音十分巨大嘈杂，而旁边就是某所中学。这样没日没夜的喧嚣，我不知道孩子们该如何学习。

最近莫言获了诺贝尔奖，这应该是国家一大幸事。可是，我在一些网站的跟帖里，竟然看到了对莫言的人身攻击和谩骂。归根结底，他们的意思是，获得诺贝尔奖没什么了不起。

以上两件事足以让我沮丧。教育和文化，向来被人看得很神圣，现在人们不把它当一回事儿，中国人的心里已丧失了敬畏。

要说到仅存的一点敬畏，我尚能体会到，在我的身边，人们敬畏权力和资本，可能因为这两项直接影响他们的生活，能够制伏他，压迫他，折磨他，他才反过来敬畏之。这种心态类似于“斯德哥尔摩情结”，1973 年，斯德哥尔摩的劫匪劫持了几个人质，被警察解救后，人质相反埋怨警察，其中有个女人质竟然爱上了一个劫匪。同样的道理，不健康的社会，人们敬畏的往往是迫害他的事物，什么对他狠，他才怕，进而敬畏它，甚至爱上它。

良性的社会，人们总是敬畏神圣和崇高，敬畏人类文明积淀下来的成果。上帝、神灵、文明、文化、道德、历史，被人们尊之仰之，各有所敬，各有所畏。俗人的世界里，总统敬畏法律，公民敬畏良知；哲人的敬畏更为玄妙一些，康德敬畏“头顶的星光和内心的道德律”，索尔仁尼琴敬畏真理，他觉得“一句真话比整个世界的分量更重”。

韩国曾有十一名议员，为抗议日本修改教科书，在日本使馆门前断指。他们敬畏真实的历史，不容它被肆意扭曲和玷污。因为敬畏，他们为捍卫心中的神圣付出了代价。

生活的周围，我几乎看不到人们敬畏什么。那些心中没有敬畏的人，客观上是要让别人为他付出代价。交通路口那些飞车夺命的司机，他们连红绿灯也不敬畏；那些造假药、毒胶囊、毒奶粉的商人，连人命也不敬畏；那些拼命往蔬菜水果上喷农药的贩子，连健康也不敬畏……肆无忌惮是可怕的，你之心中无敬畏，他人即无安全感。

清华大学社会学系孙立平教授曾说：“中国需要一场社会变革，需要一场社会进步运动。社会进步运动的目标是什么？三句话，制约权力，驾驭资本，制止社会的崩溃。”

人为的灾难一桩接着一桩，恶性事故一件接着一件，以致每天清晨我想打开，又害怕打开网络，一打开就被或浓或淡的血色染红了视线，这些本来都是可以避免的，因为掉以轻心，因为肆意妄为，归根结底是因为人们心中没有敬畏，才酿成了这一切。或许，这只是个开始，社会问题将越来越多、越来越大。

大道是敬畏。只有人们心中有了值得敬畏的敬畏，则个人能行已有耻、进退有据，社会有公平良序、嘉行懿德。

一生追捕一个人

读书，从书中知道这样一件事：

英国有一名警官叫梅耶，为了抓捕一名奸杀女童的罪犯，耗尽了一生的时间。21岁，他骑着单车吹口哨，当了警察，这年龄像青苹果一样芬芳。从那时起，他接手了这个案子，于是，这个案子成了他生活的轴心，历时52年，直到两鬓染霜，73岁了，他才将罪犯捉拿归案。

这52年，他没有一刻闲暇，翻阅了十几米厚的卷宗，足迹踏遍了四大洲，打了30多万个电话，行程达80万公里，时间跨越了52年。这一连串的数字几乎可以涵盖他的一生。

有记者问他："这样值吗？"梅耶说："一个人一生只要干好一件事，这辈子就没白过。"

一生只干了一件事，在许多人看来这很可惜。事实上，如果不是执着地干一件事，可能一生的时间大部分都分散到无数杯冒着热气的咖啡上，分散到刚刚出炉的新鲜报纸上，闲散的时光，被大把大把地空置出来，用来娱乐和休闲，用来在无聊中慢慢打发。貌似为无数件事在忙，实则连一件事也没有干成，这就是大多数人庸常而空白的一生。

执着的人，总能把事情干成。那些发无数宏愿的人，那些任何事都想染指的人，那些做人做事有始无终的人，无一例外，虎头蛇尾。真的让人很失望，心里为他急，真的很想对他说，执着点，做好一件事或许就够了。

一支 24 人的探险队，到亚马孙河上游的原始森林探险。热带雨林的特殊气候使许多人的身体严重不适，队员们相继失去联系。两个月后，他们在原始森林中相继不幸遇难。他们当中只有一个人创造了生还的奇迹，这个人就是著名的探险家鲍莱森，很多人问他：“为什么唯独你能幸运地死里逃生？”他说：“世界上没有比人更高的山，也没有比脚更长的路。”

这意思再明显不过了，执着地爬上去，能登临世界上最高的山；执着地走下去，能走到路尽头。

鲍莱森能死里逃生，没有什么秘诀，他选定了一个方向，就按这个方向坚持走。按一个既定的方向走，森林再广袤也能穿越。那些遇难的队员，几乎都是在快要走出森林时，重新选择了方向。

朝着一个方向，干一件事，事情无论大小，把它干成了，至少能成为启迪他人磨砺毅力、铸就坚韧的生活教材，于己于人，都有价值。

2012 年 10 月 30 日，“爱情天梯”的女主人公徐朝清老人去世了，与 2007 年去世的男主人公刘国江葬在了一起。这是一对普普通通的农民夫妇，男主人公刘国江一辈子为了爱人，在悬崖峭壁上凿石梯，悬崖之陡峭让人望而惊魂，而刘国江用一生的时间千锤万凿凿了六千多级石梯。

抬眼望这条飞跃千仞纵身万壑的石梯，没有谁不热泪滚滚。

飞越山顶的船

15 世纪，21 岁的穆罕默德成为奥斯曼土耳其帝国的苏丹，这位雄才大略的君主，日夜思虑和谋求的是，攻陷东罗马帝国的拜占庭。

1453 年 4 月 5 日，奥斯曼土耳其的船队在穆罕默德的率领下，犹如风卷残云，剑锋所指，是危如累卵的拜占庭。

拜占庭是昔日的君士坦丁堡，曾经固若金汤，城墙坚不可摧，大炮更有无穷的威力。此外，拜占庭还有更好的屏障——金角湾，这一海峡犹如盲肠环绕在拜占庭的一侧。

更大的障碍等着穆罕默德去克服。为了拜占庭的防御，东罗马帝国在金角湾的入口处，拉起粗如海象的铁链，铁链雄浑地穿越海峡，数道铁链聚在一起，任怎样尖利的船，也无法通过。战舰被隔离在金角湾之外，年轻的苏丹穆罕默德彻夜难眠。穿越海峡的那根粗大的铁链，几乎阻断了他的梦想。

穆罕默德是个梦想家。他天才的设想，让后来的人们惊叹。

他要让自己的舰队绕过铁链，进入金角湾的内港。可是金角湾的两岸是陡峭的高山，穆罕默德的想法是让舰队飞跃山顶。这是一个令人瞠目结舌的想法，看起来荒诞不经，同时也是史无前例。

然而，天才的光亮正是在此刻照亮幽暗。

穆罕默德着手实施他的舰队飞跃山顶的计划。他让工匠找来无数根圆木，把它们制成滑板，然后把从海上拖来的船，固定在滑板上。与此同时，佩拉山丘的两侧——上坡与下坡，都被成千上万的工匠用土填得平整。为了掩护这项大规模的行动，穆罕默德命令日夜向远方的城池发射大炮，开炮的目的不是轰击敌人，而是转移对方的注意力。

开始了，宏伟的景象赛过万马奔腾，士兵们像一群蚂蚁推动着大船，大船底部的滑板架在圆木上，无数根涂抹油脂的粗大圆木滚动起来，隆隆的轰鸣声震天响起。牛、马、士兵使在船上的力量将船向山顶牵引。

奇迹发生了，一艘艘船上了山顶，然后以排山倒海之势滑向金角湾的内港。一支庞大的舰队，终于，传奇般地越过了佩拉山丘的山顶。1453 年 4 月 22 日，70 艘战舰越过山岗和峡谷，越过种植着葡萄的山丘、田野和树林。行驶在海上的舰队梦幻般地飞跃了山顶，从一个海域转移到另一个海域，在战争史上，这几乎是闻所未闻。

这突如其来的舰队，攻其不备，在金角湾的内港激起雷鸣般的海啸，这巨大的喧嚣，宣告了拜占庭的陷落。穆罕默德如愿以偿了。或许，除穆罕默德之外，谁也没有想到庞大的舰队会飞跃山顶。然而，穆罕默德想到了，并且做到了。飞跃山顶的船，承载着奥斯曼土耳其帝国的崛起。梦想，并在梦想中创造奇迹，一切皆有可能。

智慧和意志，是成就一个人伟业的前提，让他日思夜想的事物艰难完成。

为一条鱼辩护

在瑞士的苏黎世法院，当地著名律师哥切尔，为他的一个不同寻常的客户进行辩护。

他为之辩护的是一条22磅重的梭子鱼。这条鱼在与渔夫挣扎10分钟后被捕获。哥切尔辩护的核心在于，渔夫将咬钩的梭子鱼钓上水面所花时间过长，致使梭子鱼遭受过度的痛苦。

疼痛，是人无法忍受的。同样，梭子鱼和许许多多的动物，也无法忍受疼痛。如果动物过度的疼痛，是由人带来的，那么，人就应该对动物的疼痛承担责任，为动物的疼痛买单。这是哥切尔的司法理念，同时也是他博爱的宣言。

这事还得从某天上午说起，这天，哥切尔来到他的律师事务所，当他拿起一份报纸。一幅图片映入眼帘，他震惊了。一只足足四英尺长的梭子鱼，在一只鱼钩上苦苦挣扎。他仿佛听到了鱼的呻吟声，鱼说："我很痛。"旋即，哥切尔的内心也感到了疼痛，突然，他的内心比鱼疼得更厉害。

哥切尔是个有趣的人，他曾经连续10天不说话，以此来体验，动物们没有语言表达痛苦的痛苦。

回到眼前的这幅画面，哥切尔说，此情此景，让他想到了另

一幅画面，一位非洲狩猎人，将一只大脚踩在鲜血淋漓的狮子头上……哥切尔感觉自己的心里也仿佛中了一枪，疼痛弥漫开来。眼前梭子鱼的疼痛折磨着他，他想到必须有人为这条鱼10分钟的煎熬和痛苦买单。

于是，他帮着动物保护组织起诉作为被告的业余垂钓者，涉嫌残害动物。他要告诉人们，动物，必须以人道的方式捕获。

瑞士，是一个对生命高度尊重的国家。无论是对动物，还是对植物。法律甚至规定，科学家在对植物进行试验之前必须考虑植物的尊严。还有些有趣的规定，比如，养狗的人在购买宠物狗之前必须先修四小时的课程。养群居动物，包括鸟类、鱼类必须有伙伴。鸟笼和鱼缸必须至少有一面是不透明的，以使里面的鸟和鱼有安全感。

即便如此。哥切尔还是败诉了。

原因是，那条不幸的梭子鱼，早已成了饕餮者盘中的美餐。

很明显，哥切尔缺乏物证。不过，哥切尔表示还将选择上诉，只是他觉得，任何进一步的判决，对于这条梭子鱼来说都会显得太迟。

然而，无论怎样，为一条鱼辩护，就等于在为一切生命的尊严辩护，让制造痛苦的人为痛苦买单。这样，才能让所有制造疼痛的手，变得犹疑而谨慎。